U0140598

2020全国两会
记者会实录

新华社中央新闻采访中心◎编

人民出版社

李克强总理答中外记者问

（5 月 28 日）

十三届全国人大三次会议 28 日下午在人民大会堂举行记者会，国务院总理李克强应大会发言人张业遂的邀请出席记者会，并回答中外记者提问。

记者会开始时,李克强说,首先感谢媒体朋友们在特殊时期克服了特殊困难,对中国两会进行报道。因为疫情原因,我们用视频连线形式开记者会,我想这个距离不会影响我们之间的沟通。时间有限,请大家提问。

李克强:用之于民的钱可以创造新的财富

路透社记者:新冠肺炎疫情对世界各国的经济都造成了严重的影响,不少国家的政府出台了数万亿美元的财政和货币措施,来应对新冠肺炎疫情对经济产生的冲击。今年中国政府工作报告中没有设定 GDP 增速。根据路透社的测算,政府工作报告中出台的财政措施约占中国 2019 年国内生产总值的 4%,这个规模比一些经济学家的预期要低,今年一季度中国经济首次出现了几十年以来的收缩。未来几个月,中方是否会出台更大规模的刺激措施?从更长远看,中方是否有足够的政策工具来应对全球疫情持续蔓延和不断紧张的中美关系?

李克强:这次新冠肺炎疫情给世界经济造成了严重冲击,可以说是史上罕见。最近不少主要国际组织都预测,今年全球经济增长是负 3%,甚至更多。中国经济已经深度融入世界经济,不可能置身事外。所以今年我们没有确定 GDP 增长的量化指标,这也是实事求是的。但是我们确定了保居民就业、保基本民生、保市场主体等"六保"的目标任务,这和经济增长有直接关系。经济增长不是不重要,我们这样做实

际上也是让人民群众对经济增长有更直接的感受,使经济增长有更高的质量。发展是解决中国一切问题的关键和基础。如果统算一下,实现了"六保",特别是前"三保",我们就会实现今年中国经济正增长,而且要力争有一定的幅度,推动中国经济稳定前行。

你刚才说到有反映我们出台的政策规模低于预期,但是我也听到很多方面反映,认为我们出台的规模性政策还是有力度的。应对这场冲击,我们既要把握力度,还要把握时机。在新冠肺炎疫情蔓延的时候,我们也出台了一些政策,但是当时复工复产还在推进中,复业复市受阻,一些政策不可能完全落地,很多人都待在家里。在这个过程中,我们也积累了经验。正是根据前期的经验和对当前形势的判断,我们在政府工作报告中推出的规模性政策举措,应该说是有力度的。

过去我们说不搞"大水漫灌",现在还是这样,但是特殊时期要有特殊政策,我们叫作"放水养鱼"。没有足够的水,鱼是活不了的。但是如果泛滥了,就会形成泡沫,就会有人从中套利,鱼也养不成,还会有人浑水摸鱼。所以我们采取的措施要有针对性,也就是说要摸准脉、下准药。钱从哪里来、用到哪里去,都要走新路。

这次规模性政策筹措的资金分两大块:一块是新增财政赤字和发行抗疫特别国债,共两万亿元。还有另外更大的一块,就是减免社保费,有的国家叫工薪税,并动用失业保险结存,推动国有商业银行让利、自然垄断性企业降价以降低企业的经营成本。这一块加起来大概是前一块的两倍。我们是要将这些资金用于保就业、保民生和保市场主体,支撑居民的收入。这些资金和我们现在全部居民收入40多万亿元的总盘子相比,比例达两位数。

更重要的是钱往哪里去?我们这次为企业纾困和激发市场活力的规模性政策,主要是用来稳就业、保民生,使居民有消费能力,这有利于促消费、拉动市场,可以说是一条市场化改革的路子。

钱是可以生钱的,用之于民的钱可以创造新的财富,涵养税源,使财政可持续。我们一定要稳住当前的经济,稳定前行,但也要避免起重脚,扬起尘土迷了后人的路。如果经济方面或其他方面再出现大的变化,我们还留有政策空间,不管是财政、金融、社保都有政策储备,可以及时出台新的政策,而且不会犹豫。保持中国经济稳定运行至关重要。

我们坚信,在以习近平同志为核心的党中央坚强领导下,经过全国人民的共同努力,一定会战胜当前的困难,实现全年目标任务,全面建成小康社会。中国经济保持稳定、稳住基本盘,本身就是对世界的贡献,会为世界经济恢复增长、实现发展作出积极贡献。

李克强：我们愿意共享，最终让人类能够共同战胜病毒这个敌人

彭博社记者：新冠肺炎疫情仍然是未解之谜，科学家认为找到该问题的答案有助于预防未来大流行病的发生。有人呼吁就源头问题开展国际审议。中方对调查持何立场？您认为这样的调查应该达到什么目的？应该避免什么问题？

李克强：中国和许多国家都主张对病毒进行溯源。前不久召开的世卫大会通过了有关决议，中国也参与了。因为科学溯源可以更好地防控疫情，也是为了世界各国人民的生命健康。

这次疫情突如其来，对人类来说是个全新的传染病，到现在可以说还是未知大于已知。病毒是没有国界的，它是全世界、全人类的敌人。各国都在进行防控，在探索中前进，目前还没有完整的经验。我们要控制住疫情的发展，加快疫苗、有效药物、检测试剂研发突破，这将是人类战胜这个病毒的强有力武器。中国和许多国家都在进行投入，我们也愿意开展国际合作。这些产品是全球公共产品，我们愿意共享，最终让人类能够共同战胜病毒这个敌人。

中国人民经过艰苦卓绝努力，现在有效控制了疫情，同时积极参与国际合作，公开透明负责任地及时向国际社会通报有关信息。但现在疫情还在全球流行，在中国也未结束，还有散发病例，不少科学家都强调，还是要保持警惕，防止反

十三届全国人大三次会议记者会

Press Conference for the Third Session of the 13th National People's Congress

弹。我们将继续坚持实事求是、公开透明的原则,一旦发现疫情,坚决予以管控,不允许有任何隐瞒,而且要进行科学防治。

现在很多人都说疫情可能短期不会结束,还会延续一段时间。实际上国际社会已经面临双重挑战、要做两张答卷:一方面要控制住疫情;一方面要恢复经济社会发展,恢复正常秩序。这两者是有矛盾的,如果只是做一个方面的事就不一样了。我们现在需要在矛盾中平衡、探索中前行,尤其需要国际合作。无论是抗击疫情,还是发展经济,都需要我们同舟共济,使人类能够越过这场巨浪的冲击。

李克强:资金要直达基层、直达企业、直达民生

中央广播电视总台央视记者:您在政府工作报告中阐述了今年中国经济政策。政府会采取哪些措施保证这些资金真正地惠及企业、避免空转,能让普通老百姓切切实实地感受到?

李克强:这是一次前所未有的冲击,我们不可能轻车走熟路,只能是大车行难路。所以我们在政策上要注重创新。我刚才讲了,我们推出的规模性政策叫作纾困和激发市场活力,注重的是稳就业、保民生,主要不是依赖上基建项目。因为现在中国经济结构发生很大变化,消费在经济增长中起主要拉动作用,而且中小微企业在吸纳就业中占90%以上。我们这次所采取的规模性政策,用了70%左右的资金直接或比较直接地去支撑居民收入,这样做可以促进消

费、带动市场。而且因为疫情，我们面临一个很大的难题，就是疫情防控措施会抑制消费。我们按这样的方向推动政策实施，也是市场化的改革。

其次，我们强调政策资金要直达基层、直达企业、直达民生。新增的赤字和抗疫特别国债资金全部转给地方，省里也只是"过路财神"，要直达基层。可能有人会问，那基层就能把这笔钱用好吗？我们要采取一个特殊的转移支付机制，这些钱要全部落到企业特别是中小微企业，落到社保、低保、失业、养老和特困人员身上。要建立实名制，这些都是有账可查的，决不允许做假账，也决不允许偷梁换柱。我们会瞪大眼睛盯着，也欢迎社会监督。我们采取措施的最终效果要让市场主体和人民群众认可。中央政府这次带头过紧日子，我们把中央部门的非急需非刚性支出压缩了一半以上，调出资金用于基层、企业和民生。各级政府都要过紧日子，决不允许搞形式主义，干那些大手大脚花钱的事。

刚才我比较多地讲了扩大消费，但并不是说不要投资，我们还要扩大有效投资。这次新增地方政府专项债券 1.6 万亿元，再加上一些国债，有 2 万亿元的规模，这在规模性政策当中占到百分之二三十。我们投资的重点是"两新一重"，就是新型基础设施、新型城镇化和涉及国计民生的重大项目，而且要用改革的办法，用这些资金来撬动社会资金的投入。项目要有效益、有回报，要经过科学论证、按规律办事、不留后遗症。

李克强：中华民族有智慧、有能力解决好自己的事

《中国时报》记者：今年两会因为疫情延到5月举行，这个时间点刚好跟"5·20"非常接近。在民进党继续执政的情况下，未来大陆对台政策的总体考量是什么？未来将如何继续推进两岸关系发展？

李克强：我在政府工作报告中已经说了，我们对台的大政方针是一贯的，也是世人共知的。要坚持一个中国原则、坚持"九二共识"、坚决反对"台独"。在这个政治基础上，我们愿同台湾各党派、团体和人士就两岸关系和民族未来对话协商，推动两岸和平发展，我们愿以最大诚意，尽最大努力促进祖国和平统一。台湾问题是中国的内政，我们从来都反对外来干涉。中华民族有智慧、有能力解决好自己的事。

我们视台湾同胞为手足，血浓于水，始终高度重视台湾同胞的福祉。就像这次疫情发生后，大家共同努力，没有台湾同胞在大陆因感染新冠肺炎失去生命。面对疫情，我们祈福两岸同胞都平安健康。

李克强：有了就业，中国就有了9亿双可以创造巨大财富的手

《中国日报》记者：今年您在政府工作报告中调低了城镇新增就业目标，调高了城镇调查失业率。面对严峻的就业形势，政府将如何遏制失业潮？如何帮助大学生和农民工找到工作？

李克强：今年我们确定城镇新增就业900

万人以上,的确比去年低,实现这个目标要有一定的经济增长作支撑。我们把城镇调查失业率定为 6% 左右,今年 4 月份城镇调查失业率已经是 6% 了,我们这样做也是实事求是。

就业是最大的民生,对于一个家庭来说是天大的事情。这几天我看中国政府网上的留言,大概 1/3 都是谈就业的。其中有一位农民工说他 50 多岁了,在外打工 30 多年,每年如此,但今年还没有找到工作,全家都陷入困境。还有一些个体工商户,已经歇业几个月了。一些外贸企业现在没有订单,影响员工就业。对他们的困难,我们要给予救助,但是从根本上说,还是要帮助他们就业。中国有 9 亿劳动力,没有就业,就只是 9 亿张吃饭的口;有了就业,就是 9 亿双可以创造巨大财富的手。

为了稳住现有就业岗位,可以说政策是能用尽用,投入的钱也是最多的。我们规模性政策的资金,允许基层用于减税降费,而且允许用于为企业减房租、贴利息。采取这样的措施就是要把企业稳下来,岗位保得住,而且要公平合理。我们还要采取资助企业以训稳岗的政策,今明两年将有 3500 万人次通过失业保险结存资金来进行岗位培训,给他们缓冲的机会。即便失业了,也要努力让他们短时期内有再就业的机会。

同时还要创造更多新的就业岗位。现在新业态蓬勃发展,大概有 1 亿人就业。我们的零工经济也有 2 亿人就业。

不仅要采取更多扶持政策,而且要打破那些不合理的条条框框,让更多新就业岗位成长起来。去年我们平均每天净增企业超过 1 万户,今年也要按这个目标去努力。

人民群众有无穷创造力。回想改革开放之初,大批知青返城,就一个"大碗茶"解决了多少人的就业!两周前,我看到报道,西部有个城市,按照当地的规范,设置了 3.6 万个流动商贩的摊位,结果一夜之间有 10 万人就业。中国人民是勤劳的,中国的市场也在不断开拓和升级。当然,对重点人群就业,我们有重点扶持政策。今年大学毕业生创新高,达到 874 万人,要让他们成为"不断线的风筝",今明两年都要持续提供就业服务。对农民工,不论是在常住地还是返乡,都要给他们提供就业服务平台。对退役军人,要切实把安置政策落实好。

李克强:确保"一国两制"行稳致远

凤凰卫视记者:这次全国人大会议作出了关于建立健全香港特别行政区维护国家安全的法律制度和执行机制的决定,全国人大常委会将就此制定专门的法律。这是否表明中央调整了对香港的政策,是否放弃了"一国两制"?对于当下各方的反应您如何看待?

李克强:"一国两制"是国家的基本国策,中央政府始终强调要全面准确贯彻"一国两制"、"港人治港"、高度自治方针,严格按照宪法和基本法办事,支持特区政府和行政长官

依法施政,这是一贯的。你提到全国人大刚通过的有关维护国家安全的决定,是为了确保"一国两制"行稳致远,维护香港长期繁荣稳定。

李克强:中美两国合则两利、斗则俱伤

美国全国广播公司记者:美国继续将新冠肺炎疫情全球大流行归咎中国,出现了更多关于中美之间"新冷战"的说法。与此同时,美中双方官员还在讨论如何为落实两国之间第一阶段经贸协议创造有利条件,推动中美关系稳定发展。考虑到中国自身经济遇到的困难,您是否认为中国的经济改革和让步足以解决美方关切呢?如果合作努力失败,中国经济能否抵御"新冷战"和"脱钩"的威胁?

李克强:当前中美关系的确出现一些新问题、新挑战。中美关系很重要,两国都是联合国安理会常任理事国,在应对传统和非传统挑战方面都有很多可以、而且应当合作的地方,在经贸、科技、人文方面也有广泛的交流,两国之间存在着广泛的共同利益。中美两国合则两利、斗则俱伤,不仅关系两国人民的利益,而且关系到世界,所以一些问题发生后引起世界的担忧。至于你说到"新冷战",我们从来都主张摒弃"冷战"思维。所谓"脱钩",可以说两个主要经济体"脱钩",对谁都没有好处,也会伤害世界。我们应该按照两国元首达成的重要共识,推动建立以协调、合作、稳定为基调的中美关系。

中美两国经济你中有我、我中有你，一路走来很不容易，双方都从中获益。这使我想起，就在几天前，一家美国高科技公司宣布在中国武汉的投资项目开工。我不是做商业广告，但是我对他们的行为是赞赏的，所以发了贺信。这个例子表明，中美商贸界是互有需要的，是可以实现合作共赢的。

中美之间的商贸合作应该遵循商业规则，由市场来选择，由企业家判断、拍板，政府起搭平台的作用。中美两国，一个是世界上最大的发展中国家，一个是世界上最大的发达国家，有不同的社会制度、文化传统、历史背景，存在矛盾、分歧不可避免，问题在于怎样对待。中美关系几十年来风风雨雨，一方面合作前行，一方面磕磕绊绊，的确很复杂，这需要用智慧去扩大共同利益，管控分歧和矛盾。总之，要相互尊重，平等互利，尊重对方的核心利益和重大关切，寻求合作共赢。这于己、于人、于世界都有利。

李克强：要让新的市场主体更多地长出来

新华社记者：讲到今年的经济工作，我们听到频率最高的词就是"稳"和"保"。请问总理，这和市场化改革之间是什么关系？政府在这方面的重点是什么？

李克强：中国改革开放 40 多年的经验表明，越是困难越要坚持改革。我们宏观政策提出的"稳"和"保"，是通过市场主体去支撑的，而且是奔着市场主体的困难和关切去做的，这本身就是市场化改革的做法。

我们首先是要让市场主体活下来。政策的真金白银主要是为市场主体纾困，激发市场活力。真金白银要确保落到企业和个体工商户身上。这次政府工作报告说，要留得青山，赢得未来。我们现在有 1.2 亿市场主体，他们就是青山，留住他们，就会赢得未来。

不仅要让市场主体活下去，更重要的是通过"放管服"改革把他们激活起来。要打造市场化、法治化、国际化的营商环境，打掉那些不合理的条条框框，让他们公平竞争。这种措施看似无形，但能创造出有形的财富，干好了，不亚于真金白银的投入。

再有，就是要让新的市场主体更多地长出来。大家都知道，这次应对疫情中，像网购、快递、云办公等等一些新业态是逆势增长，有的营业收入增长了 2/3，而且现在新业态还层出不穷。这和我们这些年来深化供给侧结构性改革，推动高质量发展，培育壮大新动能，开展大众创业、万众创新都有关。我们应该把这些经验推广开，促使新动能、新的市场主体更多地成长。今年我们要努力做到平均每日新注册企业 2 万户左右，这是观察中国经济活力的一个重要指标。

我们重视中小微企业，并不是不重视大企业，还是希望大中小企业共生共荣，而且期待一些中小微企业将来会成长为大企业，形成一个相互融通发展的局面。今年我们不仅要看纾困政策用得怎么样，还要看营商环境的改善是否明显，这样可以产生乘数效应。

李克强：积极推进中日韩自贸区建设

日本《朝日新闻》记者：世界经济因为新冠肺炎疫情的蔓延正在遭受严重打击，中国已控制住疫情，今后是否有同包括日本在内的周边各国开展经济合作的计划？中国今后在中日韩自贸协定和自由贸易体系建立方面计划如何推进？中国打算参加跨太平洋伙伴关系协定（TPP）吗？

李克强：在去年东亚合作领导人系列会议上，十五国领导人共同作出承诺，今年要如期签署区域全面经济伙伴关系协定，我希望并相信这个承诺不会落空。我们也在积极推进中日韩自贸区建设。中日韩都是近邻，我们愿意在经济大循环中建立中日韩经济小循环。比如说最近中国和韩国就开辟了快捷通道，让商务、技术等人员能够顺利往来，这有利于复工复产，可以说是近水楼台先得月。

至于刚才你提到TPP，我理解，可能指的是全面与进步跨太平洋伙伴关系协定（CPTPP）。对于参加CPTPP，中方持积极开放态度。

李克强：每出一策，都要考虑是否有利于千家万户

《人民日报》记者：今年是脱贫攻坚的决胜之年，但是受疫情影响很多家庭收入都有所下降，甚至一些人还面临着返贫。在这种情况下今年脱贫攻坚任务还能顺利完成吗？政府将如何保障基本的民生？

李克强:中国是一个人口众多的发展中国家,我们人均年可支配收入是3万元人民币,但是有6亿中低收入及以下人群,他们平均每个月的收入也就1000元左右,1000元在一个中等城市可能租房都困难,现在又碰到疫情。疫情过后,民生为要。怎么样保障困难群众和受疫情影响的新的困难群众的基本民生,我们应该把这项工作放在极为重要的位置。我们采取的纾困政策,有相当一部分就是用于保障基本民生的。

今年要如期完成脱贫攻坚任务,这是以习近平同志为核心的党中央向全社会作出的庄严承诺。按原本的账还有500多万贫困人口,受这次疫情冲击,可能会有一些人返贫,脱贫的任务更重了。我们会多策并举,特别是要采取措施把脱贫的底线兜住,我们有把握完成今年决胜脱贫攻坚的任务。

各级政府都要以人民利益为上,以万家疾苦为重。每出一策,都要考虑是否有利于千家万户、有利于民生。今年我们在应对疫情冲击过程中,要特别认真细致地考虑把各方面困难人群保障起来,扩大低保和失业保障的范围。现在低保、失业保障、特困救助等人员大概一年6000万人左右,我们预计今年人数会增加较多。保障和救助资金是足够的,把他们保障住是有能力的。我们要求一定要把账算细,把钱用到刀刃上,使民生得到切实保障。全国还有近3亿领养老金的人员,今年我们提高了养老金的标准,说到就要做到。

实干为要,行胜于言。我们现在的社保基金结存和储备足以保证养老金按时足额发放,但工作不能出任何纰漏。在这个事上出纰漏,就会让人们对未来没有信心。中华民族有尊老传统,我们要让社会各方面都感到希望。要统筹把各项保障落实到位,这也会有力支撑民心安定,推动经济发展。民为邦本,本固邦宁。这方面的工作不是一件事,而是多件事,我们都要做好、做到位。相信中国人民的生活会更好。

李克强:中国坚定不移地推进对外开放

新加坡《联合早报》记者:您在政府工作报告中提到,因为全球疫情和经贸形势不确定性很大,中国发展面临一些难以预料的影响因素。您对目前中国面对的外部形势有怎样的判断?中国将如何应对外部环境的变化?对于全球应对公共卫生挑战和经济严重衰退挑战,中国将发挥什么作用?

李克强:我们先看一下现在世界的变化。这次新冠肺炎疫情全球大流行,给世界造成了严重冲击,带来了巨大影响。现在因为防控疫情,各国之间的交流合作明显减少,如果再持续下去,世界经济会更加严重衰退,这是危险的。如果世界经济不能够恢复增长,可能将来连疫情都很难防控。在抗击疫情过程中特别需要公共产品,需要保持产业链、供应链稳定,更需要开放,推进贸易投资自由化与便利化。这样我们才能共同战胜疫情给世界带来的冲击,把损失减少到最小。

　　关起门来搞发展行不通，那就等于回到了农耕时代。中国坚定不移地推进对外开放，这不会、也不可能改变。我们会继续扩大与世界的合作，自主出台更多扩大开放措施。开放对各国如同空气对人一样，须臾不可离，否则就窒息了。我们在开放当中还要维护国际产业链、供应链稳定。当然也有人会说，要对产业链、供应链进行调整。至于企业的调整布局，是按市场规律办事，市场规律本来就是企业进进出出、生生死死。我们不能违背市场规律，凭空设计，而是要让市场更加相互开放。

　　坚持双向开放，那就要友好相处。第一，我们希望同世界各国相互尊重、平等相待。国家不管大小、贫富、强弱，都应该遵循这个规则。相处规则如果有不完善之处需要调整改革，大家一起商量着办。第二，互利互惠。既然是合作，就要共赢，独赢是不会长久的，吃独食也是行不通的。只有在共赢中大家才能够共同成长。再有，就是相互帮助、相互学习。各国都有各自的长处，都要担负起应尽的国际责任，携手应对各种困难和挑战。中国作为一个发展中大国，会担负起我们应当担负的国际责任。

　　中国是一个庞大的市场，我们推进的纾困和激发市场活力的规模性政策，会进一步扩大消费市场。希望中国还是大家看好的投资沃土。我们愿意进口更多国外商品，成为面向世界的大市场。

至于说到怎么应对疫情这场公共卫生挑战,让世界经济走出困境,我前面多次说了,要同舟共济、携手同行。我希望并相信,各国人民共同努力,疫情之后会更开放,衰退之后会有新繁荣。

记者会采用网络视频形式进行,主会场设在人民大会堂三楼金色大厅,分会场设在梅地亚两会新闻中心。记者会历时约 110 分钟。

李克强总理答中外记者问完整视频

十三届全国人大三次会议

记 者 会

十三届全国人大三次会议新闻发布会

（5 月 21 日）

十三届全国人大三次会议大会发言人张业遂

十三届全国人大三次会议 5 月 21 日晚举行新闻发布会，大会发言人张业遂就会议议程和人大有关工作回答了中外记者提问。为有效防控疫情，共同维护公共卫生与健康，新闻发布会采用网络视频形式进行。

5 月 21 日晚，十三届全国人大三次会议新闻发布会在北京人民大会堂新闻发布厅举行，大会发言人张业遂就会议议程和人大有关工作回答了中外记者提问

主持人：媒体朋友们，大家好！十三届全国人大三次会议新闻发布会现在开始。

刚才大会主席团召开了第一次会议，指定张业遂先生为发言人。现在请张业遂先生发布大会有关议程和大会安排，就大会议程和有关工作回答大家提问。

张业遂：女士们、先生们，各位媒体朋友，大家晚上好！欢迎各位采访十三届全国人大三次会议。目前大会的各项准备工作已全部就绪，刚才大会举行了预备会议，通过了大会议程。十三届全国人大实有代表 2956 名，目前已有 2902 名代表向大会报到。

十三届全国人大二次会议以后的一年多来，在以习近平同志为核心的党中央坚强领导下，全国人大常委会全面贯彻落实党中央重大决策部署，认真行使立法权、监督权、决定权、任免权，各项工作取得新进展、新成效。立法工作继续呈现分量更重、节奏更快、要求更高的特点，共审议法律草案、决定草案 47 件，通过 34 件。监督工作围绕重大改革发展任务推进，发挥代表作用，联系代表、服务代表工作取得新进展。

2020 年是全面建成小康社会和"十三五"规划收官之年。大会将以习近平新时代中国特色社会主义思想为指导，坚持党的领导、人民当家作主、依法治国有机统一，紧紧围绕党和国家工作大局，统筹推进疫情防控和经济社会发展，认真履行宪法和法律赋予的职责，开成一个民主、团结、求实、奋进的大会。

这次大会会期 7 天，将于 5 月 22 日上午开幕，28 日下午闭幕，共安排 3 次全体会议。大会议程有 9 项，分别是：审议政府工作报

十三届全国人大三次会议新闻发布会在人民大会堂新闻发布厅举行

参会记者在梅地亚中心多功能厅采访

告,审查计划报告及草案,审查预算报告及草案,审议民法典草案,审议全国人民代表大会关于建立健全香港特别行政区维护国家安全的法律制度和执行机制的决定草案,审议全国人大常委会工作报告,审议最高人民法院工作报告,审议最高人民检察院工作报告,以及其他事项。

根据当前新冠病毒疫情形势,会议期间将采取一系列必要的防控措施,并对一些安排进行调整。大会将以网络视频的方式组织新闻发布会、记者会、"代表通道"、"部长通道"等采访活动。不安排代表团开放团组活动和集体采访,鼓励支持代表以视频方式接受采访。有关会议日程、记者会采访活动时间等具体信息,将及时通过大会新闻中心网页和微信公众号等多种方式发布,请大家予以关注。

大会将严格贯彻落实中央八项规定及其实施细则精神,厉行节约,勤俭办会,坚持俭朴务实的会风,强化会风会纪监督。大会将继续秉持公开、透明的精神,通过网络、视频、提供书面材料等非现场方式积极提供各项服务。预祝大家工作顺利。

澎湃新闻记者:我们关注到,新冠疫情发生之后,全国人大常委会专门做出了全面禁止非法野生动物交易和滥食野生动物的决定。请问,这一决定有何特殊的考虑和现实意义?在此之后,人大常委会会议不仅讨论了关于《生物安全法》草案的内容,同时还针对《动物防疫法》修订草案进行初审。所以,我们还想请教一下,在今后全国人大将如何强化公共卫生的法治保障?

张业遂:疫情发生以来,全国人大常委会依法履行职责,迅速行动,主要做了四个方面的工作:第一,出台《关于全面禁止野生动物非法交易和食用的决定》;第二,审议《生物安全法》草案、《动物防疫法》修订草案;第三,部署启动强化公共卫生法治保障体系的立法、修法工作;第四,宣传解读疫情防控法律,为疫情防控和经济社会发展提供法律支持。

中国目前有 30 多部与公共卫生法治保障有关的法律,这些法律在这次疫情大考中总体经受住了考验,发挥了积极作用,但是也存在一些短板和不足。下一步,人大常委会的一项重要工作就是通过立法、修法,进一步完善和强化公共卫生法治保障体系。人大常委会已经制定了专项计划,成立了工作专班,计划今明两年制定修改法律 17 部,适时修改法律 13 部。重点是抓紧完善新制定的《生物安全法》草案,争取年内审议通过;抓紧修改野生动物保护法,争取今年下半年提交审议;尽早完成修改动物防疫法;抓紧修改国境卫生检疫法;同时,要认真评估传染病防治法、突发事件应对法等法律,有针对性地进行修改完善。

日本富士电视台记者: 我们想请教关于中国国防预算的问题。去年中国在庆祝新中国成立 70 周年阅兵式上展示了很多新的武器装备,例如"山东"号航母,然而外界对于中国军费"缺乏透明度"多次表示关切。中国的国防预算每年都有增加,想请教今年的预算会达到多少规模? 此外,疫情对于中国经济的负面影响是不可避免的,那么中国国防预算与去年相比,是否会相应减少? 如果没有减少,为什么?

张业遂: 中国奉行防御性国防政策。中国的国防开支无论总量、人均还是占国内生产总值的比重,都是适度和克制的。从世界范围看,中国国防费占国内生产总值的比重多年保持在1.3%左右,应该说大大低于2.6%的世界平均水平。如果与第一大军费开支国相比,2019年中国国防费总量只相当于它的四分之一,人均只相当于它的十七分之一。

根据中华人民共和国预算法,每年国防预算都由全国人大审查批准。从2007年起,中国每年都向联合国提交军事开支报告。钱从哪里来,到哪里去,清清楚楚,不存在什么"隐性军费"问题。

《人民日报》记者:本次会议将审议民法典草案,社会公众对此有很高的期待。请问,编纂这样一部民法典,将会对我国经济社会发展和老百姓的生活产生怎样的影响?

张业遂:编纂民法典是党的十八届四中全会确定的一项重大立法任务。编纂工作采取"两步走",第一步是制定民法总则,这项工作已经在2017年完成。第二步是编纂分编,最终与民法总则合并,形成统一的民法典。2018年8月以来,人大常委会对几个分编草案多次进行审议和修改完善,形成了民法典草案,并提交本次大会审议。

民法典草案共7编,1260条。这7编分别是总则编、物权编、合同编、人格权编、婚姻家庭编、继承编和侵权责任编。

民法典编纂过程中,先后10次通过中国人大网公开征求意见,累计收到42.5万人提出的102万条意见和建议。

民法是调整民事关系的法律。民法典是社会生活的百科全书,人民权利的法律宝典,每个公民的生活和工作,每个企业的设立和运营,都离不开民法规范。

编纂一部属于中国人民的民法典,是新中国几代人的夙愿。改革开放40多年来,我国陆续制定了多部民事单行法律,民法制度逐步完善。当前,中国特色社会主义已经进入新时代,对制定于不同时期的民法规范进行系统整合、修改、编纂,适应时代发展,符合中国国情,反映人民意愿,对于推进治理体系和治理能力现代化、服务经济高质量发展、维护广大人民根本利益,具有重大的意义。

香港《星岛日报》记者:刚才您提到的今天大会预备会议通过的十三届全国人大三次会议议程中,有一项是审议全国人民代表大会关于建立健全香港特别行政区维护国家安全的法律制度和执行机制的决定草案。请问,全国人大会议列入这项议程有什么考虑?

张业遂:国家安全是安邦定国的重要基石。维护国家安全是包括香港同胞在内的全国各族人民的根本利益所在。

党的十九届四中全会明确提出,建立健全特别行政区维护国家安全的法律制度和执行机制。香港特别行政区是中华人民共和国不可分离的部分。全国人民代表大会是最高国家权力机关。全国人民代表大会根据新的形势和需要,行使宪法赋予的职权,从国家层面建立健全香港特别行政区维护国家安全的法律制度和执行机制,坚持和完善"一国两制"制度体系,是完全必要的。

关于这项议程的具体内容,请关注明天上午的全会。

中央广播电视总台央视记者:随着美国新冠病毒疫情的升级,

美国国会一些议员提出了多项与疫情有关的议案,其中有的是指责中国政府对美国疫情扩散负有责任,甚至有的提出了美国应该向中国来追责和索赔。请问发言人,您是如何看待这些议案的?同时中方又将如何回应美国议员提出的这些议案?

张业遂:这些议案对中国的指责毫无事实根据,而且严重违背国际法和国际关系准则。我们对这些议案坚决反对,将根据议案审议的情况,予以坚定的回应和反制。

疫情发生以来,经过艰苦卓绝努力,付出巨大代价,中国有效控制了疫情,维护了人民生命安全和身体健康。中国本着公开、透明、负责任的态度,及时向世卫组织及相关国家通报疫情信息,第一时间发布病毒基因序列等信息,尽最大努力开展国际抗疫合作,获得了国际社会的广泛认可和好评。这些是事实,事实就是事实。我们决不接受任何抹黑与攻击。

我注意到最近一些媒体报道,我相信大家也都注意到了,这些报道表明,疫情在全球多个点出现,一些病例出现的时间线不断提前。相信随着时间的推移,有关情况会越来越清楚。病毒溯源是一个严肃的科学问题,应当由科学家和医疗专家进行科学研究,基于事实和证据得出科学的结论。

通过转嫁责任来掩盖自身的问题,既不负责任,也不道德。我们决不接受任何滥诉和索赔要求。

病毒是人类共同的敌人,战胜疫情需要科学、理性和团结合作。我们希望在这场抗击疫情的斗争中,理性战胜偏见,良知战胜谎言,多一些责任担当,少一些政治操弄。聚焦防控,加强合作,才能有效控制疫情,挽救更多人的生命。

美国消费者新闻与商业频道(CNBC)记者:新冠病毒疫情在全球暴发以来,一些国家出于维护供应链安全的考虑,提出将部分海外企业迁回本国。请问在中国有没有出现外资企业撤离的情况?这种改变产业链的做法是否会加速逆全球化的进程?请问发言人,您怎么看今后一个时期经济全球化和全球治理的走向?

张业遂:经济发展有它的内在规律。目前全球产业链格局是各种要素长期综合作用,各国企业共同努力、共同选择的结果,不是哪个国家可以随意改变的。

经济全球化符合历史潮流。这次疫情全球大流行,肯定会对全球化产生多方面的复杂影响,但不至于逆转全球化这一历史进程。

从总体看,尽管疫情对在华外资企业造成影响,但并不存在大规模外资撤离的情况,中国利用外资的综合优势没有变,外国投资者持续看好中国,在华长期经营发展的信心没有变。

习近平主席在第 73 届世界卫生大会开幕式致辞时提出,要加强国际宏观经济政策协调,维护全球产业链、供应链稳定畅通,尽力恢复世界经济。

中国将继续坚持多边主义,维护贸易投资自由化和多边贸易体制,推动全球治理体系变革完善。

新华社记者:2020 年是中国全面建成小康社会之年,也是决战脱贫攻坚之年。但受到新冠疫情影响,今年一季度 GDP 下降了 6.8%。请问发言人,您如何看待今年中国经济社会发展的形势?

脱贫攻坚的既定目标能否按时完成？全国人大又将对此做哪些工作呢？

张业遂：2020年，中国现行标准下的农村贫困人口实现脱贫，对中国、对人类的减贫事业都是具有重大标志性意义的事件。

新冠疫情对中国经济社会发展、生产生活秩序造成了严重冲击，也给脱贫攻坚带来了新的困难和挑战。比如，贫困劳动力外出务工受阻，贫困户生产经营受损，驻村帮扶工作受限，扶贫企业和项目复工复产延迟，等等。

不久前，习近平总书记出席决战决胜脱贫攻坚座谈会并发表重要讲话，对确保高质量完成脱贫攻坚目标任务进行了全面部署，提出了一系列克服疫情影响的重要措施。这些措施包括优先支持贫困劳动力务工就业，切实解决扶贫产品滞销问题，支持扶贫产业和项目复工复产，做好对因疫情致贫返贫人口的帮扶等。

随着这些措施全面落实，疫情造成的损失将会降到最低。脱贫攻坚的目标任务一定能够如期实现。

全国人大及其常委会将重点做好与脱贫攻坚有关的立法、监督工作，同时继续发挥好各级人大代表的作用，为决胜全面建成小康社会、决战脱贫攻坚贡献力量。

彭博新闻社记者：近几个月，我们看到中美关系矛盾凸显，双方在一系列问题上冲突加剧，包括新冠疫情、金融市场、台湾、香港以及贸易问题。请问，您怎么看待中美关系？特别是疫情之后的中美关系？

张业遂:病毒不分国界,也不分种族。在共同抗疫的过程中,美国社会各界积极对华捐款捐物,中国社会各界也向美方捐助和供应了大量医疗物资,两国卫生部门和防控专家保持了密切的沟通与合作。

中国和美国作为最大的发展中国家、最大的发达国家和世界前两大经济体,经贸联系和人员往来十分密切,两国拥有广泛的共同利益。历史充分表明,中美合则两利、斗则俱伤,合作是唯一正确的选择。

当前,中美关系正处在一个重要关口,关键在于坚持不冲突不对抗、相互尊重、合作共赢。如果美方尊重中国的社会制度和发展道路,理性看待中国的发展和战略意图,致力于同中方开展建设性对话,将有利于两国在各领域以及在地区和全球问题上的互利合作。

如果美方坚持冷战思维,推行遏制中国的战略,损害中国的核心和重大利益,结果只能是损人害己。中国不惹事,但也不怕事,将坚定不移捍卫自身主权、安全和发展利益。

一个稳定发展的中美关系,符合两国人民的根本利益,也是国际社会的普遍期待。目前,合作抗疫、恢复经济是头等大事,维护国际经济金融市场稳定和全球供应链的开放、安全符合各方的利益。

我们希望美方与中方相向而行,共同落实好两国元首多次会晤达成的重要共识,坚持协调、合作、稳定的基调,增进互信、拓展合作、妥善处理分歧,推动两国关系在正确的轨道上向前发展。

主持人:媒体朋友们,今天的新闻发布会到此结束。谢谢发言人,谢谢大家。

十三届全国人大三次会议新闻发布会

就中国外交政策和
对外关系答中外记者问

（5 月 24 日）

国务委员兼外交部长王毅

十三届全国人大三次会议 5 月 24 日下午在人民大会堂举行视频记者会，国务委员兼外交部长王毅就中国外交政策和对外关系回答中外记者提问。

5 月 24 日，十三届全国人大三次会议在北京人民大会堂举行视频记者会，国务委员兼外交部长王毅就中国外交政策和对外关系回答中外记者提问

王毅:各位记者朋友,大家好!今年的记者会是在一个特殊的时间节点召开的,世界各国正在奋力抗击新冠肺炎疫情。借此机会,我愿首先向全力拯救生命的各国医护工作者致以崇高敬意,向所有不幸逝去的罹难者表示深切哀悼。同时,我也要向在这场疫情中给予中国理解、关心和帮助的各国政府和人民致以衷心感谢。病毒打不倒人类,人类必将战胜疫情。至暗时刻终将过去,光明已在前方。下面,我愿回答大家的提问。

《人民日报》记者:人们从这场疫情可以得到的最重要启示是什么?

王毅:这场疫情给我们带来的最大启示是:各国人民的生命健康从来没有像今天这样休戚与共、紧密相连;我们也从来没有像今天这样深刻意识到,各国生活在一个地球村,人类实际上是一个命运共同体。

病毒不分国界和种族,对全人类发起挑战。政治操弄只会给病毒以可乘之机,以邻为壑只能被病毒各个击破,无视科学只会让病毒乘虚而入。因此,习近平主席多次向全球呼吁,病毒是人类共同的敌人,只有团结起来,才能战而胜之。团结合作是战胜疫情最有力的武器。

疫情以生命作为代价告诫我们,各国应超越地域种族、历史文化乃至社会制度的不同,携起手来构建人类命运共同体,共同维护好我们人类唯一可以生存的这个星球。而其中一个重要目标,就是加快建设人类卫生健康共同体。中国作为世界上负责任的国家,愿意为此作出自己的贡献。

国务委员兼外交部长王毅就中国外交政策和对外关系回答中外记者提问

参会记者在梅地亚中心多功能厅采访

中国国际电视台记者：受疫情和美国大选影响，中美关系日益紧张。您是否担心中美关系进一步恶化？

王毅：当前，美国已经成为世界上疫情最严重的国家，每天都有无辜的生命被病毒夺走。对于美国人民遭受的不幸，我们深表同情，由衷希望和祝愿美国人民能够尽快战胜疫情，早日恢复正常生产生活。

新冠肺炎疫情是中美两国的共同敌人。相互支持帮助是两国人民的共同心愿。疫情之初，美国很多社团、企业和民众向中国伸出援手。在美国陷入疫情后，中国政府、地方和各界人士也积极回报，向美方捐赠了大量急需的医疗物资。我们还为美方在华采购提供支持和便利，仅口罩一项就向美方出口了120多亿只，相当于为每个美国人提供了将近40只口罩。

但令人遗憾的是，除了新冠病毒的肆虐，还有一种"政治病毒"也正在美国扩散。这种"政治病毒"就是利用一切机会对中国进行攻击抹黑。一些政客无视最基本的事实，针对中国编造了太多的谎言，策划了太多的阴谋。最近，人们把这些谎言汇编成册，晒在互联网上公诸于世。如果再有新的谎言，还会继续记录在案。这本谎言录越长，就越拉低造谣者的道德水平，越在历史上留下更多的污点。

我要在此呼吁：不要再浪费宝贵时间，不要再无视鲜活的生命。中美两国当前最需要做的事情，首先是相互借鉴和分享抗疫经验，助力两国各自的抗疫斗争；第二是顺应国际社会期待，共同参与和推动抗疫多边合作，为全球抗疫发挥积极作用；第三是着眼疫情长期化和防控常态化，及早就如何减少疫情对两国经济以及世界经济的冲击展开宏观政策的协调沟通。

对于中美关系的现状和前景，中方历来主张，作为世界上最大的发展中国家和最大的发达国家，我们对世界和平与发展都承担着重大责任，应该本着对人类负责、对历史负责、对人民负责的态度，认真对待和妥善处理两国关系。中美合则两利，斗则俱伤，这是从几十年经验教训中得出的最精辟概括，需要双方谨记在心。

中美社会制度不同，但这是两国人民各自作出的选择，应当彼此予以尊重。中美之间确实存在不少分歧，但这并不意味着没有合作空间。当今世界上几乎所有全球性挑战，都有待中美两个大国协调应对。

中方始终愿本着不冲突不对抗、相互尊重、合作共赢精神，与美方共同建设一个协调、合作、稳定的中美关系。同时，我们也必须维护中国的主权和领土完整，维护自身的正当发展权利，维护中国人民历经磨难赢得的地位和尊严。中国无意改变美国，更不想取代美国；美国也不可能一厢情愿改变中国，更不可能阻挡14亿中国人民迈向现代化的历史进程。

现在要警惕的是，美国一些政治势力正在绑架中美关系，试图将中美关系推向所谓"新冷战"。这种危险的做法是在开历史倒车，不仅会葬送两国人民多年积累的合作成果，也将损害美国自身的未来发展，危及世界的稳定与繁荣。两国各界有识之士都应当站出来予以制止。

还是那句话，为了中美两国人民的根本和长远利益，为了人类的未来与福祉,中美双方应当,也必须找到一条不同社会制度、不同文化背景国家在这个星球上和平共存、互利共赢的相处之道。

新华社记者:疫情使世界回不到过去,中方如何看待后疫情世界和全球化未来?

王毅:世界当然回不到过去,因为历史在向前迈进。纵观世界发展史,人类正是在与大灾大难的一次次抗争中得到发展和进步的。中方认为,只要各国作出正确选择,坚持正确方向,我们这个世界就一定能够在战胜疫情后迎来更光明的未来。

首先,全球化需要更加包容和普惠的发展。全球化是推动世界发展的必然趋势,也是促进人类进步的强大潮流。经济全球化犹如百川汇成的大海,不可能再退缩为相互隔绝的湖泊。拒绝全球化、重拾保护主义,注定没有前途。

我们在坚持资源全球合理配置、确保最佳成本效益的同时,也要更加注意缓解全球化引发的贫富差距扩大、地区发展不平衡等弊端。全球化存在的问题只能在全球化的发展中加以解决。这就需要我们积极引导全球化的走向。习近平主席在 2017 年达沃斯演讲中就全面阐述了中方对经济全球化的看法,提出应当推动经济全球化朝更加开放、包容、普惠、平衡、共赢的方向发展。今天我们重温这一论断,更加深感其中蕴含的丰富内涵和巨大力量。

第二,多边主义需要更加坚定地维护弘扬。这次疫情用事实证明,不管多么强大的国家,都不可能独善其身。隔岸观火最终会殃及自身,落井下石到头来将信誉扫地。唯我独尊、推卸责任,不仅解决不了自己面临的问题,还会损害其他国家的正当权益。面对越来越频繁的全球性挑战,国际社会唯有奉行多边主义,才能形成合力;只有团结一致,才能共克时艰。

第三,全球治理需要更加精准地改革完善。这次疫情暴露出各国公共卫生体系的不足、全球产业链供应链的脆弱以及全球治理能力和治理体系的短板。改革和完善全球治理是国际社会的当务之急。为此,我们必须更充分地发挥联合国的核心作用以及世界卫生组织和各专门机构的应有职责;更有针对性地加强各国宏观政策协调以及治理能力的建设;更坚定地遵循国际法和国际关系基本准则。

世界回不到过去,中国同样也不会停下前进的脚步。经此一役,中国的社会制度和治理能力经受住了全面检验,国家综合实力得到了充分彰显,大国担当作为发挥了应有作用。疫情过后,中国经济必将更加坚韧有力,中华儿女必将更加团结一心,中国人民必将更加坚定地走中国特色社会主义道路,中华民族实现伟大复兴的历史进程必将更加势不可挡。

今日俄罗斯国际通讯社记者:您如何评价疫情发生以来的中俄关系?是否同意有人认为中俄将联手挑战美国的领先地位?

王毅:中方对俄罗斯疫情高度关注,已经并将继续为俄方抗疫提供一切可能的支援。我相信,在普京总统领导下,坚韧不拔的俄罗斯人民一定能够战胜疫情,伟大的俄罗斯民族也一定能在疫情后焕发新的活力。

疫情发生以来,习近平主席同普京总统多次通话,在主要大国中保持了最紧密的高层沟通。俄罗斯是第一个派遣防疫专家代表团来华的国家,中国是向俄罗斯提供抗疫物资支持最有力的国家。双边贸易逆势增长,中方自俄进口增速在中国主要贸易伙伴中排名第一。面对个别国家的无理攻击与抹黑,双方相互支持,彼此仗义执言,成为"政治病毒"攻不破的堡垒,体现了中俄高水平的战略协作。

我毫不怀疑,中俄共同抗疫的经历,将转化为疫情后中俄关系提速升级的动力。中方愿同俄方携手化危为机,稳定能源等传统领域合作,办好"中俄科技创新年",加快开拓电子商务、生物医药、云经济等新兴领域,为疫情后两国经济复苏打造新的增长点。中方也愿同俄方以纪念联合国成立75周年为契机,坚定维护二战胜利成果,坚定捍卫联合国宪章和国际关系基本准则,坚决反对任何单边霸凌行径,不断加强在联合国、上合、金砖、二十国集团等国际机制中的协调合作,共同迎接百年变局的新一轮演变。

只要中俄肩并肩站在一起,背靠背密切协作,世界和平稳定就会有坚实保障,国际公平正义就能得到切实维护。

《中国日报》记者:中国向很多国家提供抗疫支持和帮助,但也有对此质疑声音。您对此怎么看?

王毅:在中国抗击疫情的艰难时刻,我们得到了国际社会的帮助和支持。对此,我们铭记在心,深表感谢。在其他国家受到疫情冲击时,中国人民也感同身受,及时伸出援手。

为践行习近平主席倡导的人类命运共同体理念,这几个月,我们发起了新中国历史上规模最大的一次全球紧急人道行动。迄今为止我们已经向将近150个国家和4个国际组织提供了紧急援助,以解各方的燃眉之急;为 170 多个国家举办了卫生专家专题视频会议,毫无保留地分享成熟的诊疗经验和防控方案;向 24 个有紧急需求的国家派遣了 26 支医疗专家组,面对面地开展交流和指导。我们还在保证质量的前提下,开足马力为全球生产紧缺的医疗物资和设备,仅口罩和防护服就分别向世界出口了 568 亿只和 2.5 亿件。

中国之所以这么做,首先因为中华民族是一个崇尚感恩的民族,我们愿意投桃报李,回报各国人民对中国人民的情谊。同时,中国也是一个愿意助人的国家,每当朋友陷入困境时,我们从来都不会袖手旁观。当年非洲遭到埃博拉疫情袭击,中国在不少国家纷纷撤出疫区之时,第一时间派出医疗队逆行驰援非洲,第一时间向非洲送去最急需的物资,并且同非洲兄弟并肩战斗到最后。

我们知道,中国的援助不可能完全满足各国目前的需求,我们也了解一些政治势力对中国的意图编造出各种负面解读。但我们光明磊落,坦然处之。因为,中国所做的事情,从来不谋求任何地缘政治目标,从来没有任何经济利益的盘算,也从来没有附加任何政治条件。

我们的初衷只有一个,就是尽可能多地挽救无辜的生命;我们的信念始终如一,就是一个国家控制住疫情并不是疫情的终结,各国共同战胜了疫情才是真正的胜利。

目前疫情仍在各国肆虐,中国不是救世主,但我们愿做及时雨,是在朋友危难时同舟共济的真诚伙伴。我们愿意继续向有需要的国家提供力所能及的帮助,深入开展国际抗疫合作,共同迎接这场人类抗疫斗争的最终胜利。

路透社记者：中国决定推进涉港国家安全立法可能导致美方报复。中方是否担心香港作为全球金融中心的地位会因此受到损害？

王毅：第一，香港事务是中国内政，不容任何外来干涉。不干涉内政是国际关系基本准则，各国都应予以遵守。

第二，维护国家安全历来是中央事权，在任何国家都是如此。中央通过基本法第 23 条授权香港特别行政区自行立法，履行其宪制责任，但这并不影响中央根据实际情况和需要继续建构维护国家安全的法律制度和执行机制。中央政府对所有地方行政区域的国家安全负有最大和最终责任，这是基本的国家主权理论和原则，也是世界各国的通例。

第三，去年 6 月修例风波以来，"港独"组织和本土激进分离势力日益猖獗，暴力恐怖活动不断升级，外部势力深度非法干预香港事务，这些都对中国的国家安全造成了严重危害，也对香港保持繁荣稳定、推进"一国两制"构成了巨大威胁。建立健全香港特别行政区维护国家安全的法律制度和执行机制刻不容缓，势在必行。

第四，全国人大这一决定，针对的是极少数严重危害国家安全的行为，不影响香港的高度自治，不影响香港居民的权利和自由，不影响外国投资者在香港的正当权益。大家对香港的未来，应更加充满信心，而不必过于担心。决定通过之后将启动立法程序，这将使香港有更加完备的法律体系、更加稳定的社会秩序、更加良好的法治和营商环境，有利于维护"一国两制"的基本方针，有利于维护香港的金融、贸易和航运中心地位。相信所有希望香港长治久安、"一国两制"行稳致远的各界朋友都会对此予以理解和支持。

凤凰卫视记者：中方是否同意就病毒源头开展国际独立调查？

王毅：在病毒源头问题上，中方与美国一些政客之间的分歧，是真相与谎言的距离，是科学与偏见的对比。

病毒溯源是一个严肃复杂的科学问题。应当由科学家和医学专家研究探索。然而，美国一些政治人物却迫不及待地把病毒标签化、把溯源政治化、对中国污名化。他们高估了自己的造谣能力，低估了世人的判断能力。历史应该由事实和真相来书写，而不应被谎言误导污染。我们应秉持良知和理智，为这次全球疫情叙事留下客观真实的人类集体记忆。

中方对国际科学界开展病毒溯源科研合作持开放态度，这一进程应坚持专业性、公正性和建设性：

专业性是指溯源应以科学为依据，由世卫组织主导，让科学家和医学专家在全球范围内进行考察研究。目的是增进对此类病毒的科学认知，以便今后更好地应对重大传染性疾病。

公正性是指溯源要排除各种政治干扰，尊重各国主权平等，反对任何"有罪推定"。考察应覆盖所有与疫情密切关联的国家，坚持公开透明和客观理性。

建设性是指溯源不应影响拯救生命的当务之急，不应损害各国之间的抗疫合作，不应削弱世卫组织的应有作用。而应有利于增强联合国各系统履职功能和各国团结协作，有利于完善全球公共卫生体系和治理能力。

埃菲社记者：欧洲对华有两种声音，甚至有人将中国视为系统性对手。中方对此有何评论？

王毅：中欧关系历经国际风云变幻，总体保持合作的主基调，展现出强大的生命力。一路走来，双方积累的最重要经验是，我们完全可以通过平等对话来增进信任，完全可以通过建设性沟通来处理分歧。中欧之间并不存在根本利害冲突，开展互利合作的空间越来越广，支持多边主义的共识越来越多。从人类发展进程的宽广角度看，中欧不应是制度性竞争对手，而应是全方位战略伙伴。中欧之间的交往应当是相互成就的正循环，而不是你输我赢的淘汰赛。

正如一句欧洲谚语所说，真朋友永不言弃。疫情发生后，中欧双方坚定支持彼此抗疫努力，涌现出许多感人的友好事例。面对这场空前危机，中欧之间应该超越意识形态的差异，摆脱自我实现的猜忌，发出团结一致、携手抗疫的共同声音。

中欧今年原定的重大外交议程受到疫情一定影响。双方正就尽快举办第二十二次中国—欧盟领导人会晤保持沟通，并积极探索适时召开中国—欧盟峰会，双方还将争取年内完成中欧投资协定谈判，拓展在互联互通、生态环保、数字经济、人工智能等新领域的互利合作，以中欧建交45周年为契机，推动双方关系更加稳健成熟，实现提质升级。

《环球时报》记者：中方打算如何应对美国出现的就疫情针对中国索赔的诉讼？

王毅：针对中国的这些"滥诉"，无事实基础、无法律依据、无国际先例，是彻头彻尾的"三无产品"。

在这场突如其来的疫情中，中国同其他国家一样，也是受害者。面对未知的新型病毒，中国以对人民生命健康和全球公共卫生事业高度负责的态度，最早向世卫组织报告疫情并及时与有关国家和地区分享信息，最早确定病毒基因序列并向各方提供，最早向世界公布诊疗和防控方案。面对严峻的防控形势，我们以壮士断腕的决心，在最短时间里切断了病毒的传播途径，有效阻止了疫情的快速蔓延，为此付出了巨大代价，承担了重大牺牲。中国的抗疫行动对全世界公开，时间经纬清清楚楚，事实数据一目了然，经得起时间与历史的检验。

对受害者鼓噪所谓"追责索赔"，为滥诉者伪造各种所谓"证据"，是对国际法治的践踏，也是对人类良知的背弃，于实不符、于理不通、于法不容。今天的中国已不是百年前的中国，今天的世界也不是百年前的世界，如果想借滥诉侵犯中国的主权和尊严，敲诈中国人民的辛勤劳动成果，恐怕是白日做梦，必将自取其辱。

共同社记者：中方如何看待中日韩关系发展？

王毅：中日韩三国是一衣带水的友好近邻。新冠肺炎疫情发生以来，中日韩三国团结协作，先后举行了特别外长会和卫生部长会，就疫情信息、防控措施、出入境人员管理等保持密切协同，形成防控合力，有效遏制了病毒在地区的扩散。三国民众守望相助，谱写了"山川异域，风月同天"、"道不远人，人无异国"的时代新篇。可以说，中日韩三国联合抗疫，为全球抗疫树立了样板，为国际社会增添了信心。

下一步,在继续严格防控疫情的同时,尽快恢复经济发展是我们面临的共同课题。作为全球主要经济体,中日韩三国GDP占全球总量五分之一以上。三国率先控制疫情,率先推动复工复产,将为促进地区经济复苏提供重要动力,也将为维护全球经济稳定发挥积极作用。

首先要严防疫情反弹,巩固抗疫成果。面对疫情防控常态化,我们要继续分享信息和经验,完善联防联控安排。加强药物和疫苗研发合作,建立地区应急联络机制和医疗物资储备中心,充分发挥互联网、大数据等信息技术作用,不断提高公共卫生治理水平和应急响应能力。

二是要推动复工复产合作,稳定产业链供应链。在做好防控前提下,中国愿与韩国以及更多国家开设便利人员往来的"快捷通道"和促进货物流通的"绿色通道",在可能的条件下加快恢复务实合作,畅通各自和地区的经济循环。

三是要着眼"后疫情时代",提高区域经济合作水平。要坚持多边主义和自由贸易,减免关税、取消壁垒、相互开放市场。在健康医疗、智能制造、5G等领域加强合作,打造新的经济增长点。加快中日韩自贸谈判,力争年内签署区域全面经济伙伴关系协定,深化经济融合。发挥各种地区多边机制的作用,防范金融风险,增强经济韧性。

总之,中方愿与包括日韩在内的各国加强合作,争取早日彻底战胜疫情,重振东亚经济活力,为促进地区和世界发展贡献更多的东方智慧和力量。

中央广播电视总台央视记者：中国外交如何适应疫情防控常态化？今年中国外交的重点是什么？

王毅：疫情为各国交往按下了"暂停键"，但中国外交并没有止步，而是逆势前行，开启了以电话、书信、视频为主渠道的"云外交"模式。

疫情发生以来，习近平主席亲力亲为，以元首外交统领抗疫外交，以领袖担当推动国际合作。截至目前，习近平主席已经同近50位外国领导人及国际组织负责人通话或见面，出席二十国集团领导人应对新冠肺炎特别峰会，在世卫大会开幕式致辞，向全球表明中国支持团结抗疫的鲜明立场。李克强总理同多国领导人通话并出席东盟与中日韩（10+3）抗击新冠肺炎疫情领导人特别会议。我本人也同各国外长通了100多次电话，我们还举行了中国—东盟特别外长会、澜湄国家外长会、中日韩、金砖、上合国家的视频外长会。

2020年是中华民族伟大复兴进程中非常不平凡的一年。中国外交将在疫情防控常态化形势下整装再出发，聚焦五大任务，打造新亮点：

一是全力服务国内发展。我们将统筹国内国际两个大局，充分运用各种外交资源，服务国家重大发展战略。着眼"后疫情时代"，维护全球产业链供应链稳定，促进贸易投资自由化便利化，应对世界经济下行压力。

二是坚决维护国家利益。我们将以更坚定的意志、更有力的举措,坚决捍卫国家的主权、安全和发展利益,坚决防范遏制外部势力干涉中国内部事务的图谋。

三是不断深化伙伴关系。推动与大国关系稳中有进,深化同周边国家利益交融,厚植与发展中国家团结友谊。

四是坚定捍卫多边主义。特别是促进全球公共卫生治理,支持世卫组织在全球抗疫合作中发挥应有作用,打造人类卫生健康共同体。

五是积极扩大国际合作。与更多国家建立联防联控机制,加强防控疫情国际合作,推进"一带一路"卫生合作,共建"健康丝绸之路",为筑牢全球抗疫防线贡献力量。

埃及中东通讯社记者:中方如何帮助非洲抗击疫情?

王毅:非洲是中国同呼吸、共命运的好兄弟。中非人民在民族解放斗争中并肩战斗,在共同发展道路上携手同行,在前几年抗击埃博拉疫情的合作中命运与共。我完全赞同非盟委员会主席所说:"中非是朋友,更是战友,没有任何事情能够改变或损害中非友好关系。"

在新冠肺炎疫情面前,中非继续患难与共、同心协力。五十多位非洲领导人或致电或发表声明,向中国送来慰问和支援。中方向非洲五个次区域及周边国家派遣抗疫医疗专家组。遍布非洲45个国家的中国医疗队积极行动,为当地民众提供医疗保障,迄今已开展抗疫培训近400场,为当地数万名医护人员提供了指导。我们还像对待家人一样,照顾非洲在华侨民的安全。非洲在湖北和武汉的3000多名留学生除1人感染并被很快治愈外,其他人都安然无恙。

今年是中非合作论坛成立20周年。中非关系经历风雨,历久弥新。我们将继续帮助非洲抗击疫情,把抗疫物资援助尽量向非洲等发展中国家倾斜,并考虑向非洲派遣新一批医疗专家组。我们还将继续落实中非合作论坛北京峰会制定的健康卫生行动,加快推进非洲疾控中心建设,提升非洲各国的公共卫生能力。此外,我们还将继续致力于帮助非洲增强自主发展能力,妥善安排当前中非重大合作项目,支持受到疫情影响的非洲国家尽早复工复产,维护非洲经济发展势头。我们还将积极推动落实二十国集团"缓债倡议",减轻非洲国家债务负担,并将考虑通过双边渠道为特别困难的非洲国家提供进一步的支持,帮助非洲兄弟姐妹渡过难关。

"兄弟同心,其利断金"。我们相信,在中非双方以及国际社会共同努力下,非洲这片年轻的大陆一定能在战胜疫情后实现更好和更快的发展。

中央广播电视总台央广记者:中国外交如何为打赢脱贫攻坚战和全面建成小康社会发挥作用?

王毅:全面小康是百年目标,脱贫攻坚是千年梦想。这两大历史任务是2020年举国奋斗的坐标,也是外交战线全体同志的责任与担当。

完成两大任务,主要靠我们自己,同时也需要良好的国际环境。当前最突出的外部挑战,就是疫情仍在全球肆虐,我国发展面临极为复杂的外部挑战。外交服务发展必须适应新形势,解决新问题,创造性地开展工作,要最大限度降低国际疫情对人民生命健康和经济社会发展的冲击,在与世界各国并肩抗疫的进程中不断开创新的发展机遇。要在继续做好防范疫情输入的同时,逐步为恢复国与国之间的正常交往营造更有利条件。要采取有力举措加强国际间互利合作,为中国和世界的共同发展繁荣作出新的贡献。

实现全面小康与脱贫攻坚的目标,外交部也承担着具体任务。28年来,外交部坚持定点扶贫云南省金平、麻栗坡两个国家级贫困县,不久前这两个县已正式摘帽。我们将一如既往,履行好帮扶责任,巩固好脱贫成果,同时继续向世界讲好中国扶贫开发故事,推动开展国际减贫交流与合作,为中国的脱贫攻坚争取更多国际理解支持,也为实现全球2030年可持续发展议程作出中国贡献。

美国有线电视新闻网记者:中美双方的"口水战"愈演愈烈,所谓"战狼外交"会是中国外交的未来吗?

王毅:我尊重你提问题的权利,但你提问题的角度值得商榷。凡事都应有一个是非判断,人无是非,难以立信;国无是非,难以立世。

对于中国外交,外界有着各种各样的解读和评论,但作为外长,我要正式和负责任地告诉你,中国始终奉行的是独立自主的和平外交政策。不论国际风云如何变幻,我们都将高举和平、发展、合作、共赢的旗帜,恪守维护世界和平、促进共同发展的宗旨,同各国开展友好合作,把为人类作出新的更大贡献作为我们的使命。

中国的外交政策,建立在五千年优秀文明的传统之上。中国自古就是公认的礼义之邦,中国人爱好和平、崇尚和谐,以诚待人、以信为本。我们从来不会主动欺凌别人,但同时,中国人是有原则、有骨气的。对于蓄意的中伤，我们一定会作出有力回击，坚决捍卫国家的荣誉和民族尊严。对于无端的抹黑，我们一定会摆明事实真相，坚决维护公平正义和人类良知。

中国外交的未来，致力于与各国共同构建人类命运共同体。既然各国同在一个地球村，就应该和平共处，平等相待；就应该有事一起商量，而不是一两个国家说了算。为此，中国一贯主张世界要走向多极化，国际关系要实现民主化。这一主张与人类文明进步的方向完全一致，与绝大多数国家的愿望完全一致。不管中国发展到什么程度，我们都不会在国际上称王称霸，都将始终站在世界各国的共同利益一边，站在历史发展潮流的正确一边。那些总想给中国扣上霸权帽子的人，恰恰是自己抱着霸权不放的人。

当今世界，正在经历前所未有的百年变局，充满各种乱象和动荡。面对越来越多的全球性挑战，我们希望各国能够本着人类命运共同体的理念，相互之间多一些支持、少一点指责；多一些合作、少一点对抗，大家真正携起手来，共同为世界开辟更加美好的未来。

中国国际广播电台记者：中方如何评价世卫组织作用？有何改革建议？

王毅：世卫组织是联合国专门机构，在协调全球公共卫生事业方面发挥着核心作用。谭德塞先生是高票当选的总干事，得到国际社会的充分信任。尤其是他来自非洲大陆，代表着发展中国家在国际组织中的地位正在不断提升。

在刚刚举行的世界卫生大会上，习近平主席在开幕式致辞中积极评价了世卫组织为全球抗疫作出的重要贡献,与会各国也都表达了对世卫组织的坚定支持。公道自在人心,世卫组织的国际地位和历史评价,不会因为个别国家的好恶而改变。给世卫组织泼脏水的人只会弄脏他们自己。

疫情暴发以来,世卫组织在谭德塞总干事带领下,在每一个关键时间节点,都本着科学态度,及时提出了专业建议,很好地履行了应尽的职责。事实证明,重视并遵循世卫组织建议开展抗疫工作的国家,疫情就会得到较为有效的管控。忽视和排斥世卫组织建议的国家,则为此付出了沉重代价。

我还想强调的是,世卫组织是 194 个主权国家组成的国际机构,不可能只为某一个国家服务,更不应是哪个国家出的钱多,就屈从于哪个国家的意志。疫情当前,任何对世卫组织的打压甚至讹诈,都缺乏最起码的人道精神,都不会被国际社会所接受。

生命至上,救人第一。支持世卫组织,就是支持拯救生命,这是任何有良知的国家都应做出的选择。

至于世卫组织的改革问题。实际上每次重大疫情之后,世卫组织都会做出全面总结评估。但方向应当是继续坚持而不是放弃多边主义,支持而不是削弱世卫组织。第 73 届世卫大会决议已就此做出明确阐述。我们认为重点可从三个方面入手:一是从制度、规则层面更好地排除政治因素干扰,尊重科学和专业意见,摒弃政治化和污名化的做法。二是赋予世卫组织更充足的资源,提升其应对全球公共卫生危机的能力。三是秉持人类卫生健康共同体理念,加大对发展中国家公共卫生事业的支持与投入。

哈萨克斯坦通讯社记者：中方将如何恢复受疫情影响的"一带一路"合作？

王毅：疫情对"一带一路"合作确实造成了一些影响，但都是暂时的，也是局部的。从整体和长远看，经过疫情的考验，共建"一带一路"的基础将更加牢固，动力将更加充沛，前景将更加广阔。

"一带一路"的基础来自于为各国人民带来的切身利益。合作启动7年来，中国同138个国家签署了"一带一路"合作文件，共同展开了2000多个项目，解决了成千上万人的就业。此次疫情期间，"一带一路"的许多基础设施和民生项目都为抗疫发挥了重要作用。比如中巴经济走廊能源项目坚持运行，为巴基斯坦提供了三分之一的电力。在本地区大面积断航停航情况下，中欧班列1—4月开行数和发货量同比上升24%和27%，累计运送近8000吨抗疫物资，成为欧亚大陆之间名副其实的"生命之路"。

"一带一路"的动力来自于各国共同发展的坚定决心。合作启动7年来，中国与沿线国家货物贸易累计总额超过了7.8万亿美元，对沿线国家直接投资超过了1100亿美元。尽管遭到疫情冲击，今年第一季度中国对共建"一带一路"国家投资逆势增长11.7%，贸易额增长3.2%。中老铁路、匈塞铁路、柬埔寨双燃料电厂、埃及新行政首都CBD项目稳步推进，一大批暂时停工的项目最近也开始复工复产，这些都将为各国战胜疫情、恢复经济提供强大助力。

"一带一路"的前景来自于不断开辟新的合作领域。疫情之后,各国发展经济、保障民生的愿望将更加强烈,公共卫生领域的合作需求也会大幅上升。中方将与沿线国家一道,大力推进"健康丝绸之路"建设,适时举办"一带一路"视频高级别会议,更好维护各国人民的健康与安全。着力推动"数字丝绸之路"建设,为各国经济发展创造更多新增长点,为全球经济复苏提供更多新动力源。

总之,中国与各国携手推进"一带一路"的信心不减,决心未变,我们将继续秉持共商共建共享原则,坚持开放、绿色、廉洁理念,努力实现高标准、惠民生、可持续目标,将"一带一路"打造成一条发展之路、合作之路、健康之路。

深圳卫视记者:中方对推动与东盟关系发展有何规划?

王毅:回顾中国与东盟关系的历史,无论亚洲金融危机,还是国际金融危机,每一次危机都让中国东盟关系更加紧密、中国东盟合作更加强劲。这充分说明了中国与东盟非同寻常的友好感情和深厚互信。我记得2003年SARS疫情发生后,第一个多边国际会议就是中国和东盟举行的。这次新冠肺炎疫情也一样。2月20日,在中国—东盟抗击疫情特别外长会上,外长们手拉手、肩并肩,一起高喊"武汉加油! 中国加油! 东盟加油!"这一画面至今感动和鼓舞着中国与东盟各国的民众。

在双方的共同努力下,中国东盟合作在疫情重压下逆势增长。今年第一季度,中国和东盟的货物贸易总额增长6.1%,突破1400亿美元,东盟首次成为中国最大贸易伙伴。这是我们在共同挑战面前为彼此发展前景投出的"信心票"。正如一些东盟国家外长们所说,那些无法将我们打倒的事物只会让我们变得更加强大,经历风雨之后我们会更有力量。

风雨过后必是彩虹。中国将始终把东盟作为周边外交优先方向,支持东盟在东亚区域合作中的中心地位,与东盟国家秉持"互信、互谅、互利、互助"的精神,推动双方关系百尺竿头,更进一步。我们将加快复工复产合作,弥补疫情造成的损失。我们将加强"一带一路"倡议与东盟发展规划对接,拓展智慧城市、人工智能、电子商务等新兴领域合作。我们将维护多边贸易体制,共同推动年内签署区域全面经济伙伴关系协定,提高经济一体化水平。我们将推动建立地区公共卫生应急联络机制和防疫物资储备中心,提高公共卫生合作水平和应对危机能力。我们将发挥好中国—东盟菁英奖学金等旗舰项目作用,促进人文交流。我们将加强蓝色经济和生态环保合作,推动可持续发展,造福地区人民。

明年是中国—东盟建立对话关系30周年,是双方关系发展史上又一重要里程碑。我们相信,进入而立之年的中国—东盟关系将更加成熟自信,双方建设更为紧密命运共同体的步伐将更加稳健有力。

韩联社记者:中方认为朝鲜半岛局势以及朝美对话应朝何方向发展?

王毅:朝美之间保持沟通与对话是化解双方矛盾分歧、推动解决半岛问题的重要前提。还是那句话,谈总比不谈好。中方乐见朝美领导人保持互动,希望朝美早日恢复有益的对话接触。但同时,增进朝美互信、打破半岛僵局更需要实实在在的行动。也就是说,真正解决半岛问题,既要"坐而论道",更要"起而行之"。

我们看到,过去几年朝方在缓解紧张局势和无核化方面采取了不少积极举措,但遗憾的是并没有得到美方的实质回应,这是导致朝美对话陷入停滞的重要原因。目前,围绕半岛核问题的不确定因素有所积累。中国与俄罗斯早已在安理会共同提出了政治解决半岛问题决议草案,并已多次建议安理会启动对朝制裁决议可逆条款的讨论,帮助缓解朝方的经济民生困难,为半岛问题的政治解决营造条件。希望包括美方在内的各方予以认真考虑,不要再耗费来之不易的对话成果。半岛核问题解决思路已经明确,那就是坚持无核化与和平机制"双轨并进",尽快制定"分阶段、同步走"路线图,不要再流失解决问题的难得机遇。

澎湃新闻记者:中方是否担心涉台问题将对中美关系产生进一步负面影响?

王毅:2300万台湾民众是我们的骨肉同胞,我们始终关心台湾岛内的疫情变化,牵挂台湾同胞的健康安全。疫情发生以来,我们精心照顾在大陆的台胞,也悉心扶助身在海外的台胞。对于台湾同胞未来的防疫需求,我们会继续全力以赴。

基于一个中国原则,中国政府与世卫组织已就中国台湾地区参与全球卫生事务做出了妥善安排。台湾地区与世卫组织及其成员分享抗疫信息、开展专家合作交流的渠道是完全畅通的,从来不存在什么技术障碍和防疫缺口。台湾当局罔顾民生福祉,不承认两岸同属一个中国的"九二共识",自行关闭了两岸协商处理涉外问题的大门。

台湾问题是中国的内政,一个中国原则是国际社会的普遍共识,也是中国与所有建交国双边关系的政治基础。我们坚决反对以防疫合作为幌子与台湾当局开展官方往来,坚决反对违背一中原则为台湾谋求所谓国际空间,坚决反对外部势力对"台独"分子"借疫谋独"予以鼓励和纵容。

两岸实现统一是历史必然趋势,任何人任何势力都不可能阻挡。我们敦促美方充分认清台湾问题的高度敏感性,恪守一个中国原则和中美三个联合公报;奉劝美方丢掉不切实际的幻想,放下国内政治的算计;正告美方不要试图挑战中国的底线,不要误判14亿中国人民捍卫国家统一的坚定决心。

新加坡《海峡时报》记者:有人认为中国借疫情加大在南海活动,你对此有何评价?是否会影响"南海行为准则"磋商?

王毅:认为中国利用疫情在南海扩大存在的说法完全是无稽之谈。最近一段时间,中国正在集中精力同东盟国家开展抗疫合作,双方相互支持,相互帮助,彼此的互信得到进一步增强。一艘艘船只、一架架飞机装载着抗疫物资在南海往来穿梭,南海正在成为中国与东盟国家携手抗疫的互助之海、合作之海。反倒是少数域外国家还在向南海增派军机军舰炫耀武力,频频挑拨中国和东盟国家关系,处心积虑破坏南海得来不易的稳定局面,这样的行为居心不良,令人不齿。

最近这几年,在中国与东盟国家共同努力下,南海局势不断趋稳向好。中国与东盟各国在海上搜救、海洋环保、海洋科考等领域的合作取得了很多积极进展,"南海行为准则"磋商也在快速有序推进,目前已进入案文第二轮审读阶段。中国与东盟国家已就早日达成"准则"形成明确共识,我们实现这一目标的信心和决心是坚定的,不会受到外界的任何干扰破坏。中方将继续同东盟各国加强协作,尽早重启因疫情而暂停的"准则"磋商,并且积极探讨新的海上合作方式,切实维护好南海地区的和平稳定与发展繁荣。

中新社记者:你能否谈谈外交部和驻外使领馆为解决海外中国同胞遇到困难所做工作?

王毅:疫情发生以来,海外中国公民一直是祖国母亲心头的牵挂。习近平总书记多次强调,要切实保护好海外中国公民的安全和健康。外交部和驻外使领馆紧急行动起来,全球动员,全力以赴,把党和国家的关心爱护传递给每一位海外中国公民,在全球范围内开展了一场前所未有的领保专项行动。

我们同遍布各国的中国公民取得联系,为他们排忧解难。安排国内知名专家视频连线,向留学生传授防护知识。协调 20 多支医疗专家组赶赴各国,为海外公民和广大侨胞提供指导。联系当地及国内远程诊疗渠道,为大家在海外防疫做好服务支持。我们尤其关注每一位海外学子的安危,想方设法把 100 多万份充满爱心的"健康包"一一送到有需要的学子手中。

外交部 12308 领保热线 24 小时运转,仅 3 至 4 月就接听电话 20 多万通,平均每天 3600 余通。我们对每通来电都高度重视,做到件件有记录,事事有处理,努力畅通海外中国公民求助的绿色通道。

我们在疫情之初派包机接回受困海外的中国公民。海外疫情严重后,又安排临时航班有序接回确有困难的各地同胞。

外交为民是我们始终不渝的宗旨。在这几个月的特殊时间里,每一位驻外使节,每一位使领馆工作人员,都以高度的责任感,坚守在自己的工作岗位,不畏感染风险,甘愿牺牲奉献。海外同胞虽然身在异乡,但祖国永远在你们身后,驻外使领馆时刻与你们同在。

巴基斯坦通讯社记者:你如何看待当前的阿富汗局势?

王毅:阿富汗素称是亚洲的心脏,对地区和平稳定具有重要影响。当前阿富汗局势快速演变,前所未有地接近实现和平,但前进的道路并不平坦,需要完成五项紧迫任务:

一是巩固政府团结。我们欢迎加尼总统和阿卜杜拉博士就组成联合政府达成协议,期待尽早实现正常运转。二是搭建和谈架构。我们呼吁阿各派立即停火,早日就内部谈判安排达成一致,以便就国家未来架构进行商讨。三是妥善有序撤军。美军应以负责任方式撤离,避免损及阿富汗及地区国家利益。四是打击恐怖主义。各方应继续着力反恐,避免各种恐怖势力卷土重来。五是争取外部支持。继续改善阿富汗和巴基斯坦等国家的关系,争取国际社会对阿富汗和平和解进程更多支持配合。

我们认为在此过程中,还应坚持三条原则:

首先要坚持阿人主导,让阿富汗人民自主决定国家的未来,完全掌握民族的命运。其次,坚持和平优先,各方都应避免使用武力来推进实现自己的利益诉求。第三,坚持广泛包容,未来的阿富汗应更加包容、更加团结、更有力量。

阿富汗人民有权利摆脱战争的阴霾,追求幸福的生活。作为友邻和兄弟,中国人民一直与阿富汗人民坚定地站在一起。中方将继续为促进阿人内部谈判、恢复和平稳定、推进经济重建、参与区域合作发挥积极建设性作用。

湖北卫视记者:外交部为替武汉正名、打赢武汉保卫战付出了巨大努力。今后外交部还将为湖北发展开放提供哪些帮助?

王毅:在以习近平同志为核心的党中央坚强领导下,湖北保卫战、武汉保卫战取得决定性成果。在这场艰苦卓绝的斗争中,湖北和武汉人民付出了巨大努力和牺牲,为全国乃至世界抗疫斗争作出了重大贡献。在此,我要代表外交战线全体同志,向英雄的湖北人民和武汉人民致以崇高敬意!

疫情发生以来,外交战线也积极投身湖北保卫战、武汉保卫战,我们在中央指导组的统筹下,向武汉派出工作组,筹措援鄂抗疫物资,协调接受国际援助。外交系统在湖北探亲休假的一百多名干部也行动起来,就地参与抗疫工作,与父老乡亲们并肩战斗。疫情发生时,身在海外的湖北同胞惦念自己的亲人,但又因交通阻断回国无门,我们发动各驻外使领馆与同胞们取得联系,安排包机送大家回家。

目前,湖北经济、社会各方面秩序已初步恢复正常。外交部将发挥自身优势,为湖北"后疫情时代"的发展提供助力。我们将积极探讨为湖北、武汉开辟急需人员往来的快捷通道,支持湖北涉外企业复工复产;我们将根据全球疫情走向,为湖北重启国际交流、扩大对外合作创造更多机遇。待到条件成熟时,外交部愿意专门再为湖北举办一次特别的全球推介活动,向世界各国展示浴火重生、凤凰涅槃的湖北和武汉,也让世界人民更加了解湖北,支持武汉。

国务委员兼外交部长王毅就中国外交政策和对外关系答中外记者问

全国政协十三届三次会议
记者会

全国政协十三届三次会议新闻发布会

（5 月 20 日）

全国政协十三届三次会议新闻发言人郭卫民

全国政协十三届三次会议新闻发布会 5 月 20 日下午在北京举行，大会新闻发言人郭卫民介绍本次大会有关情况并回答中外记者提问。

5 月 20 日，全国政协十三届三次会议新闻发布会在北京举行，大会新闻发言人郭卫民介绍本次大会有关情况并回答中外记者提问

主持人:大家下午好!全国政协十三届三次会议新闻发布会现在开始。我代表大会秘书处,向所有中外记者表示欢迎。

按照大会疫情防控工作要求,新闻发布会采用网络视频方式举行。主会场设在人民大会堂新闻发布厅,分会场设在梅地亚中心多功能厅。

新闻发布会时间大约50分钟。请十三届全国政协委员、全国政协十三届三次会议副秘书长、新闻发言人郭卫民先生介绍本次大会主要安排,然后再回答大家的提问。

郭卫民:大家下午好!欢迎出席今天的新闻发布会,也欢迎各位记者、各界朋友通过网络、电视视频收看发布会。

五月是充满生机和活力的时节,我们迎来了两会的召开。过去几个月,我们遭遇了突如其来的新冠肺炎疫情。党中央把疫情防控作为头等大事来抓,习近平总书记亲自指挥、亲自部署,全国人民万众一心、众志成城,艰苦奋战,武汉保卫战、湖北保卫战取得了决定性成果,疫情防控阻击战取得重大战略成果。在抗击疫情过程中,广大医务人员不怕牺牲、逆行出征;各界群众团结一心,无私奉献,涌现出许多可歌可泣的感人故事。湖北人民特别是武汉人民付出了巨大努力和牺牲。中国举全国之力,在短时期内控制住了疫情,切实维护了人民生命安全和身体健康,扎实推进复工复产,加快恢复社会生活生产秩序。中国取得这样的成果,充分彰显了中国共产党以人民为中心的执政理念,彰显了中国特色社会主义制度的优越性,彰显了中华民族自强不息、坚韧不拔、同舟共济的优秀品质。

全国政协十三届三次会议新闻发布会主会场设在人民大会堂新闻发布厅

全国政协十三届三次会议新闻发布会分会场设在梅地亚两会新闻中心多功能厅

新冠肺炎疫情发生后,全国政协和广大政协委员认真贯彻落实中共中央部署,迅速行动,积极投身到这场没有硝烟的战争。医卫界委员身先士卒,战斗在抗疫第一线。各界政协委员也都立足本职岗位,积极贡献自己的力量。全国政协及其各专门委员会和各级政协组织通过多种方式开展工作,组织委员围绕统筹推进疫情防控和经济社会发展建言献策,提供决策参考和智力支持。

2020 年是具有特殊意义的一年,要在做好疫情防控工作的同时,确保完成决战决胜脱贫攻坚目标任务,全面建成小康社会。今年的政协会议将聚焦党和国家的中心任务,深入协商议政,凝聚共识。下面,受全国政协大会秘书处委托,我向大家简要通报一下本次政协会议的主要议程和有关内容。

全国政协十三届三次会议将于明天下午 3 时在人民大会堂开幕,5 月 27 日下午闭幕,会期比原计划缩短了 4 天半。

大会的主要议程是听取并审议全国政协常委会工作报告和提案工作情况报告;列席十三届全国人大三次会议,听取并讨论政府工作报告、民法典草案、最高人民法院工作报告、最高人民检察院工作报告等;审议通过政协十三届三次会议政治决议等决议和报告。

本次大会期间,全体会议和小组会议都做了相应的压减。将安排开幕会、闭幕会以及两次大会发言,其中一次以视频会议方式举行;安排 6 次小组会议。开幕会、闭幕会将邀请外国驻华使节旁听。

考虑到疫情防控要求和会期安排,大会对媒体采访做出适当调整,邀请少部分在京中外记者到人民大会堂现场采访;通过网络视频方式安排3场"委员通道"采访活动;小组会议不安排集中采访。欢迎中外记者朋友运用网络、视频、书面等方式采访,各委员驻地均设立网络视频采访室。全国政协官网新闻中心将及时发布会议安排、主要文件和资料。政协大会新闻组和驻地新闻联络员将积极为中外记者采访提供服务,提供便利。

大会筹备工作已全部就绪。下面,我愿就大家关注的本次大会相关问题回答记者朋友们的提问。

中央广播电视总台央视记者:在此次抗击新冠肺炎疫情过程当中,我们看到了很多政协委员活跃的身影。请问发言人的问题是,这些委员都具体做了哪些工作,各级政协组织发挥了什么样的作用?

郭卫民:的确,在这次抗击疫情过程中,全国政协委员、各级政协组织发挥了积极重要的作用,新冠肺炎疫情发生以来,全国政协坚决贯彻党中央的决策部署,动员政协各参加单位、各级政协组织和广大政协委员积极投身到疫情防控的人民战争,认真履职尽责,做出了重要贡献。

医疗卫生界委员身先士卒,冲锋在抗击疫情的第一线,他们当中既有家喻户晓的知名专家,也有许多公众并不熟悉的业界翘楚;既有驰援湖北的一流医院的领队者,也有驻守武汉阵地的著名医院的掌舵人;既有知名的临床专家,又有顶尖的社区防控专家。有全国政协委员,也有地方各级政协委员。他们虽然岗位不同,但都不顾个人安危,不怕牺牲,勇于担当。

　　不仅是医卫界委员，其他政协委员也在通过各种方式和途径为防控疫情汇聚力量。有些委员在病毒研究和疫苗研发等领域夜以继日地进行科研攻关，有些委员全力组织重点医疗物资的生产，有些委员深入一线，采写播发新闻或者创作文艺作品，有些委员积极筹措医疗防护物资、捐款捐物。在抗击疫情的关键时刻，政协委员靠得住、站得出、顶得上，用实际行动展现了为国履职、为民尽责的新时代的政协委员风采。各级政协组织围绕疫情防控，创新履职方式，积极担当作为，把专门协商机构的优势转化为治理效能，全国政协发挥委员移动履职平台、小范围协商座谈等形式作用，就疫情防控、复工复产、稳定社会预期、加强依法治理等积极建言，共报送情况反映、意见建议一千多条。召开了革除滥食野生动物陋习的双周协商座谈会，制作委员讲堂节目并在相关媒体播出，围绕夺取疫情防控和实现经济社会发展目标的双胜利，依托委员移动履职平台开展了专项问卷调查，广大委员积极参与并且提出了很多很好的意见建议。各地政协通过各种方式参与疫情防控，积极贡献力量。

　　每年两会都是政协委员集中上交作业的时候，应对这场突如其来的疫情是一场大考，可以说，全国政协和广大政协委员交出了一份出色的答卷。

　　《中国日报》记者：此次新冠肺炎疫情暴露了我国在应对重大突发公共卫生事件上还存在一些短板和不足，请问政协在加强国家卫生应急管理体系建设方面有哪些建议？还将开展哪些工作？

　　郭卫民：这次新冠肺炎疫情是新中国成立以来在我国传播速

度最快、感染范围最广、防控难度最大的一次公共卫生事件。经过艰苦努力，全国疫情防控阻击战取得重大战略成果。应对新冠病毒这一人类未知的全新病毒，也暴露出我国在重大疫情防控体系和公共卫生应急管理体系建设方面存在的短板和不足。

全国政协在积极参与疫情防控的同时，围绕完善公共卫生应急管理体系等问题开展讨论、建言献策，许多委员通过提交提案、网络议政等方式提出意见建议，全国政协的相关专门委员会举行了专题座谈会，委员们展开了热烈讨论，也提出了很多意见建议。有委员提出要加快完善公共卫生法律法规体系，建立公共卫生应急预案定期修订及演练机制，要提高疫情监测系统快速反应能力。还有委员围绕建立重大疫情防治的中西医协作机制，加强传染病专科医院的建设，完善公共卫生人才队伍的建设等提出了很多好的建议，对于推动有关工作的改进发挥了积极重要的作用。

今年政协大会期间，委员们将围绕相关问题开展讨论。同时，今年还将组织调研考察、举办双周协商会等协商议政活动，就相关问题建言资政。委员们认为要增强责任感、紧迫感，推动我国公共卫生应急管理体系不断完善，推动我国治理体系和治理能力现代化不断向前推进，迈上新台阶。

路透社记者：随着疫情在全球蔓延，多国民众由于认为病毒从中国传播至各国，而对中国感到不满。中国出口的部分医疗物资存在质量问题，而中方仍大规模宣传其对别国的抗疫援助，也令一些人感到反感。您对此怎么看？

郭卫民：我对你刚才提问中所做的判断并不完全赞成。在抗击疫情过程中,国际社会对中国抗击疫情所采取的措施、取得的成效、我们对其他国家的支持援助、积极推动抗击疫情的国际合作,总体上是给予充分肯定的。在媒体报道中,我们看到很多国家的领导人、政府官员、智库和一些组织等,总体上对中国的评价是正面的、友好的。

病毒是全人类的共同敌人,病毒没有国界,疫病也不分种族,人类战胜各种重大疫情的历史表明,加强团结合作至关重要。大家也都看到,近一时期美国等少数国家一些政客将疫情政治化、污名化,制造舆论,对中国进行抹黑。他们渲染病毒来自中国、来自武汉,还有人宣称中国提供抗疫援助是"为了提升地缘政治影响力,为了争夺世界领导权"等。这些政客或者是出于国内政治需要,试图转移视线、推卸责任,或者是出于意识形态的偏见,指责中国,造谣抹黑。这样的图谋是不能得逞的。中国政府和有关方面对此已经做了有力的澄清、驳斥和回应,我们也看到许多国际的权威机构,包括世卫组织和一些权威专家都纷纷站出来,表达了反对意见。

你刚才提到了医疗物资的质量问题,中国有关部门已经进行了调查、澄清,也采取了相关措施。对出口医疗物资的质量出现一些质疑,其原因是多方面的。有些是因为中外产品质量标准不同,有些是使用习惯上存在差异,有些是操作不当等。中国出口了大量的医疗物资,存在问题的只是极少数,中国政府对此零容忍,有关部门已采取了严格措施,以确保医疗物资质量,规范出口秩序。

关于对外援助问题,我想强调,中国向有关国家提供抗疫援助是真诚的。在中国疫情最严重的时候，很多国家对我们施以援手，我们至今铭记在心。当疫情在其他国家蔓延，我们向这些国家用各种方式提供力所能及的帮助，包括提供物资，分享抗疫防治的经验，派出医疗队等，都是希望这些国家能尽早地控制疫情，挽救更多的生命，也使国际社会尽早地恢复正常秩序。这些做法体现了人道主义精神，体现了一个负责任大国的责任担当，也体现了中华民族同舟共济、守望相助的优秀传统。以此来指责中国高调宣传，甚至说"中国要争夺世界领导权"，这是毫无道理的，也是十分狭隘的。

当前，不少国家正在开展抗击疫情的艰苦斗争，我们对此感同身受，愿与国际社会一道，携起手来，共同努力，争取早日战胜疫情。我们将继续尽己所能，为有需要的国家提供支持和援助，推动抗击疫情的国际合作。中国始终坚持开放合作、互利共赢，我们将坚持并用自己的实际行动表明，中国是世界和平的建设者，是全球发展的贡献者，是国际秩序的维护者。中国愿同世界各国一起，共同构建人类卫生健康共同体，共同构建人类命运共同体。

《人民日报》记者：2019年是人民政协成立70周年，去年召开的中央政协工作会议上，明确了新时代人民政协工作的发展方向。请问发言人，在过去的一年当中，政协的工作有哪些亮点，又有哪些创新之处？

郭卫民：的确，去年政协工作十分活跃，也是政协历史上具有重要意义的一年。2019年，全国政协工作取得了重大进展，在以习近平同志为核心的中共中央坚强领导下，政协全国委员会及其常委会以习近平新时代中国特色社会主义思想为指导,以庆祝新中国成立 70 周年和人民政协成立 70 周年为重点,紧紧围绕党和国家的中心工作,认真履行各项职能,为各项事业发展做出了新的重要贡献。应该说 2019 年是人民政协历史上具有里程碑意义的重要一年。我讲几个方面:

一是学习贯彻中央政协工作会议精神深入扎实。去年 9 月 20 日在人民政协成立 70 周年之际,中共中央召开中央政协工作会议,这在党的历史上、人民政协的历史上都是第一次。习近平总书记出席会议并发表了重要讲话,为新时代人民政协事业发展把航定向。全国政协通过主席会议、常委会会议、专题研讨班、专题宣讲等多种形式,组织对全体委员开展学习培训,带动各级地方政协迅速形成人民政协学习贯彻会议精神的生动局面。

二是庆祝人民政协成立 70 周年系列活动丰富多彩。按照中共中央对庆祝新中国成立 70 周年活动的部署,开展了以“我和我们的政协”为主题的庆祝人民政协成立 70 周年系列活动。这些活动主题鲜明、形式多样、覆盖面广,鼓励各级政协委员参与其中当主角。特别是组织了评选表彰人民政协成立 70 年来 100 件有影响力的提案活动,从 14 多万件的提案中优中选优,评选出 100 件提案。比如,关于新中国国庆日的建议案,关于确立教师节日期及活动内容的提案,关于免征农业税的提案等。这彰显了人民政协在国家治理体系中发挥的重要作用。

三是服务党和国家工作大局富有成效。聚焦打赢脱贫攻坚战、创新驱动发展、制造业高质量发展、办好人民满意的教育等经济社会发展的重点问题,全年组织视察考察调研 97 项,召开各层次协商活动 73 场次,广集良策,广聚共识,提出了一大批针对性强、操作性强的意见建议,受到党和政府的高度重视,许多建议转化为政策文件有关内容。人民政协更加注重把凝聚共识融入协商议政的各项活动中,做到发扬民主和增进团结相互贯通,建言资政和凝聚共识双向发力。

明天,汪洋主席将做全国政协常委会工作报告,将会对去年工作进行全面总结,欢迎大家关注。

新华社记者:我的提问是关于经济方面的。有分析认为,这次疫情对中国经济造成了较大的冲击,一季度 GDP 同比下降了6.8%,所以想请问发言人对今年中国经济形势怎么看?

郭卫民:经济问题确实是社会普遍高度关注的问题。全国政协对如何统筹疫情防控、促进经济社会发展也非常重视。在抗击疫情的同时,深入研究疫情对经济发展的影响,并多次召开专题座谈会,并且通过移动履职平台等形式展开讨论,分析经济形势,研究对策。大家认为,各地区、各部门统筹推进疫情防控和经济社会发展各项工作,疫情防控形势持续向好,复工复产稳步推进,关系国计民生的基础行业加快恢复,基本民生得到较好保障。应对疫情催生的许多新产业、新业态得到快速发展。

但同时我们也要看到,今年一季度宏观经济指标出现了明显下滑,经济下行压力增大,当前国际疫情持续蔓延,不确定不稳定因素在增大,我国经济社会发展面临新的困难和挑战。在前所未有的冲击面前,党中央、国务院及时出台了一系列对冲性的政策措施,有针对性地加大了逆周期调节力度,切实帮助中小微企业渡过难关。总体而言,我国经济社会发展大局保持稳定,这充分表明我国经济在面对复杂严峻局面时展现出超大规模经济的整体优势,强大的经济发展韧性、巨大的潜力和回旋余地。

经济界、农业界、工商联界的委员们,聚焦如何克服疫情影响,围绕把握宏观政策取向、做好"六稳"工作、落实"六保"任务提出了多项意见建议;围绕加快金融市场改革、保护中小企业生存与发展、促进数字经济发展等方面提出了许多具体举措,不少建议被政府部门吸收采纳。

政协委员们认为,面临的形势越是复杂,我们越要保持战略定力,迎难而上,树立必胜的信心和决心。面对疫情威胁,我们众志成城、顽强拼搏,能够打赢疫情防控阻击战。今天我们团结一心、攻坚克难,相信一定能够化"危"为"机",实现经济社会稳定发展。

彭博新闻社记者:我的问题也是关于经济的,在反全球化浪潮的背景下,疫情对于这一问题产生了什么样的影响? 目前多国更倾向于自己生产他们进口的产品以应对国内的供应不足,这有可能导致越来越多的工厂离开中国,并且也有可能进一步导致中美"脱钩"。请问,这些问题对中国会有什么样的影响? 中国如何来应对这些问题?

郭卫民:新冠肺炎疫情在全球的大流行,的确对于全球的产业链、供应链造成很大冲击。我们也注意到,在国际上出现了一些"逆全球化"思潮,也有人提出要把在国外的企业搬回去,也有人声称要鼓动本国经济和中国"脱钩"。但与此同时我们也看到,多数国家的领导人和国际主流舆论呼吁各国加强团结，保持全球产业链、供应链畅通。近期一些专业机构的调查也显示，很多跨国企业并不愿意从其他国家撤回去，包括从中国撤回，他们不愿意；而且还有新的企业不断来投资，期待继续开展国际经贸合作。

新冠肺炎疫情的确给国际经济合作带来困难，但也更加体现出加强国际合作的重要性。前两天召开的世界卫生大会上，我们注意到联合国秘书长和许多国家领导人都强调要加强国际合作。在全球公共卫生危机面前，人类始终是一个休戚与共的命运共同体，没有哪个国家能够置身度外，独善其身，也没有哪个全球性的挑战能靠一国之力解决。只有秉持同舟共济、团结合作的理念，才能最终战胜困难。

刚才说到经济全球化，经济全球化是一个历史性进程，为世界经济的增长、商品和资本的流动、科技和文明的进步提供了必要条件，经济全球化在发展过程中可能会出现一些问题，这也是正常的。新冠肺炎疫情的发生，可能加剧了一些人的质疑和担心，也有人提出要增加本国公共卫生应急物资的生产和保障能力。但我们认为，"脱钩"主张不是一张好药方，我们应该看到，全球产业链布局和供应链结构是多年来形成的，具有相对稳定性和依赖性，面对疫情冲击，各国应该加强团结、加强合作，协调政策立场，维护全球产业链、供应链稳定，防止世界经济陷入衰退，而不应以邻为壑、分裂孤立，更不能把疫情问题政治化，抹黑、指责、鼓动搞对立。

中国倡导多边主义，发展全球自由贸易和投资，反对单边主义，反对贸易保护主义，中国作为全球产业链不可或缺的重要一极,将展现出更高的效率、更好的服务、更优的营商环境,继续促进国际经贸合作。

习近平主席在不久前召开的二十国集团领导人特别峰会上表示,中国将坚定不移扩大改革开放,放宽市场准入,持续优化营商环境,积极扩大进口,扩大对外投资,为世界经济稳定作出贡献。可以相信,不论遇到多大的困难,中国对外开放的政策不会改变,中国坚持和平发展、合作共赢的理念不会改变,中国积极推动构建人类命运共同体的努力不会改变。

《农民日报》记者:我的问题是关于脱贫攻坚。今年是打赢脱贫攻坚战的决胜之年,但有人担心已脱贫人口存在返贫风险,也有人反映存在数字脱贫现象,您对此有何评论? 另外,新冠肺炎疫情是否会影响脱贫攻坚进展,政协在今年脱贫攻坚方面将开展哪些工作?

郭卫民:你提的关于脱贫攻坚的几个问题的确是我们现在脱贫攻坚中面临的几个重点问题,也是难点问题。经过多年努力,我国在脱贫攻坚领域取得前所未有的成就,但是剩余脱贫攻坚任务依然艰巨。如何巩固脱贫成果、防止脱贫后返贫,如何克服形式主义、杜绝数字脱贫是需要加强的重要工作。另外,新冠肺炎疫情的发生给脱贫攻坚提出了新挑战。

在脱贫攻坚这个问题上,全国政协发挥了自身独特优势。在开展脱贫攻坚的工作上,全国政协参与的部门多,我们使用的各种工作形式广,而且取得的成效也比较明显。近年来,聚焦精准扶贫、精准脱贫,相关视察调研涉及 17 个省区市,遍及脱贫攻坚主战场,2016 年、2017 年、2018 年连续三年围绕脱贫攻坚召开专题议政性常委会会议。去年,围绕脱贫攻坚有关重点难点问题,汪洋主席主持全国政协双周协商座谈会进行专题研究。委员们从多角度提出了巩固脱贫成果的意见建议,其中有关建立返贫监测预警机制的建议得到中央领导同志和有关部门的高度重视。聚焦脱贫攻坚决策部署贯彻落实情况,包括推动克服形式主义、杜绝数字脱贫,积极开展民主监督,组织党外委员开展打赢脱贫攻坚战专题视察。此外,全国政协还通过召开重点关切问题情况通报会、界别协商会、重点提案办理协商会、反映社情民意信息,组织调研考察、政协委员提交提案等各种方式,就脱贫问题积极建言献策,有效推动了脱贫工作的开展。

新冠肺炎疫情发生以来,全国政协非常关注疫情对于脱贫攻坚的影响,并就此开展了深入跟踪和研究,提出了许多有价值的意见和建议。今年全国政协还将召开以"高质量打赢脱贫攻坚战,建立解决相对贫困长效机制"为议题的专题议政性常委会会议,并继续通过多种形式开展工作。我们将以高质量的协商议政,助推高质量的攻坚脱贫,为完成决战决胜脱贫攻坚目标任务作出积极贡献。

新加坡《联合早报》记者:我们想继续问一个关于新冠肺炎疫情的问题。有舆论认为,由于中国在新冠肺炎疫情信息发布上不公开、不及时,导致了疫情蔓延到其他国家,您长期从事新闻发布工作,也是新闻发言人,请问您对此有什么看法?

郭卫民:关于这个问题,最近一段时间中国政府的有关部门、有关专家多次做了阐释、做了澄清，在这里我也简要地再做一个介绍。在抗击新冠肺炎疫情的过程中，中国本着公开、透明、负责任的态度，及时向国际社会通报疫情信息，有几个重要的时间点。早在1月3日，相关部门对不明原因肺炎病例作出研判后，就向世卫组织和有关国家、有关地区主动通报。在分离出病毒全基因组序列后，1月12日即向国际社会发布，在这期间和之后，中国有关部门一直与世卫组织和有关国家保持着交流和沟通。中国1月23日关闭离开武汉的通道，从那天起，每天都通过新闻发布会等多种形式发布有关疫情的重要信息和防控措施。这些信息不仅为中国抗击疫情提供了支持，也为世界防范、抗击疫情提供了重要参考。说中国隐瞒疫情，导致疫情向其他国家蔓延是毫无道理的。

刚才你提到了新闻发布，我想多说几句。围绕抗击疫情，中国组织了多层次、多渠道、高密度的权威信息发布活动，新闻发布会的数量、规模、形式创新都是前所未有的。国务院新闻办公室在北京、武汉两地多次召开了新闻发布会，国务院联防联控机制、湖北省每天都举行新闻发布会，中央有关部委、许多省区市都组织了密集的新闻发布活动，及时发布权威信息、回应公众关切，为打赢疫情防控阻击战提供了有力支持。新闻发布活动得到了国内外舆论关注，也得到了充分肯定。

同时我们也看到，我们的新闻发布工作还存在不足，比如，如何增强新闻发布的时效性、针对性和专业性，如何提高各级各地领导干部新闻发布和与媒体打交道的能力等，这些也都需要认真总结，不断改进。

新闻发布是国家治理体系和治理能力现代化的重要组成部分。近年来,特别是党的十八大以来,我国的新闻发布工作取得了很大的进展,但在新形势下也面临着不少挑战,需要认真总结、不断完善。我们要切实提高各级各地领导干部对新闻发布工作重要性的认识,要用好新闻发布平台,主动解读政策,回应好关切;我们要转变和提升观念,坚持公开透明原则。我们从工作实践中深切地感受到,公开透明是做好工作的重要推进器,是解疑释惑的重要手段,是提升政府公信力的重要法宝,也有助于帮助国际社会更好地了解和理解中国。

我们要进一步加强新闻发布的制度建设,完善新闻发布工作的刚性约束和机制保障。另外,还要进一步开展好培训,切实提高各地各级广大领导干部新闻发布的素养和与媒体打交道的能力。通过努力,切实推进新闻发布工作不断取得新的进展。

《人民政协报》全媒体记者:我们注意到今年全国政协面向全体政协委员发起了读书活动,请问发起这样一个活动是出于什么考虑? 读书活动与政协委员履职是什么关系?

郭卫民:了解政协的朋友们可能都知道,重视学习、崇尚学习是人民政协的优良传统。在新形势下,面对国内外复杂环境,政协参政议政领域不断拓展,任务更加繁重,需要委员加强学习,提高建言资政的质量,更好地凝聚共识,加强学习就显得格外重要。为了贯彻落实习近平总书记关于加强和改进人民政协工作的重要思想,增强政协委员履职本领,全国政协组织开展了面向全体委员的读书活动,得到了广大委员们的积极响应。

在汪洋主席的倡导和推动下,今年2月下旬,为了深刻理解疫情防控局势及带来的挑战,全国政协在委员移动履职平台开通了"防控疫情主题读书群",并组织了线上线下的交流活动。委员们结合读书心得,围绕疫情防控和经济社会发展深入交流讨论,就健全公共卫生应急管理体系、加强全球抗疫合作等提出了300多条意见和建议,体现了读书学习与履职建言相结合的政协特色。

读书活动得到了政协委员们的踊跃参与和积极评价。有委员认为,结合实际问题和挑战,多读书、读好书,拥有富足的知识、理性的思考、开阔的眼界,能够更好地提高建言资政的水平,更好地履职尽责。以防疫为主题的读书活动是一次"预热",在此基础上,4月23日也就是世界读书日的当天,全国政协举行了委员读书活动的启动仪式,标志着"书香政协"建设正式开始,汪洋主席出席了仪式并讲话。网上"全国政协书院"随即在委员移动履职平台上线运行,首期推出了11个主题读书群,内容涉及经济、政治、文化、社会、生态环境等各个领域,参与读书的委员覆盖了政协34个界别。下一步,全国政协将进一步推动委员读书活动全面深入开展,加强读书学习、认真履职尽责,更好地发挥人民政协专门协商机构的作用。

日本电视台记者:我们想问一下关于中日关系的问题。习近平主席本来今年春天要去访问日本,但是因为疫情没有实现。疫情缓和之后,习近平主席访问日本的行程大概什么时候会实现?或者说希望什么时候实现?

郭卫民:在这次抗击新冠肺炎疫情的过程中,中日两国相互支持、友好合作。中国发生疫情以后,日本官方和民间各界纷纷伸出援手,积极支持中国人民的抗疫斗争。当时也有很多很生动的故事。"山川异域,风月同天",这个美好的诗句在网上广为流传。当疫情在日本出现后,中方在做好国内应对疫情工作的同时,也及时向日方提供医疗物资援助,开展了各方面的合作,也有很多很生动感人的故事。《孟子》中有一句话,"出入相友,守望相助,疾病相扶持,则百姓亲睦"。在大灾大难面前,两国能够携手并进,同舟共济,这正是一衣带水的邻邦情谊的真实体现,也是未来中日关系持续改善发展的重要基础。我们愿同日方一道,加强交流合作,携手战胜疫情,并为促进人类健康福祉和全球公共卫生事业作出积极贡献。我们期待并相信,经过抗击疫情的考验,两国人民的友谊将得到进一步升华,中日关系的基础将进一步牢固。

记者朋友提到习近平主席访日,的确这是中日两国关系上的一件大事,两国政府、两国人民都高度关注。关于习主席对日的国事访问,中日双方都认为,要确保此次访问在最适宜的时机、环境和氛围下成行,确保访问取得圆满成功。双方一致同意,继续保持沟通,为推进双边关系进一步发展共同作出努力。

香港凤凰卫视、凤凰网记者:我们特别关注到中国内地在这次抗击新冠肺炎疫情过程中,无论是人工智能、大数据还是5G都发挥了非常独特、非常重要的作用。请问政协在推动这些新技术的发展和应用方面发挥了哪些重要作用?

郭卫民:的确,在这次抗击疫情过程中,大数据、人工智能、5G等新技术发挥了重要作用。利用大数据我们可以对疫情的发展、人员的流动开展实时监测,有效提高了防控的针对性和效率。智能机器人走进医院、走进隔离区,送物送药、导医导诊,发挥了很好的作用。通过 5G 技术,我们对火神山、雷神山医院的建造过程进行直播,亿万网民成为见证中国奇迹的"云监工"。另外,"5G+远程"的会诊系统为医疗救治汇聚起最精锐的专业力量,远程教育实现了"停课不停学",远程办公为复工复产提供了有力支撑。

可以看到,经过多年的持续积累,我国在新技术领域取得了重要进展,一批龙头骨干企业在加速成长。为推动新技术的发展,我国不断完善顶层设计,陆续出台了一系列政策措施,引导广大企业积极创新,持续扩大开放合作,取得了显著成效。近期,中央提出要加快"新基建"的建设进度,这将推动大数据、人工智能、5G 等新技术步入更快发展阶段。

全国政协一直高度关注大数据、人工智能、5G 等新技术的发展,每年都会以各种形式进行讨论、进行研究,提出意见建议。去年,全国政协围绕"推动互联网、大数据、人工智能和制造业深度融合"这一主题开展了调研,向有关主管部门提出了意见建议。全国政协组织了"委员讲堂"节目,请政协委员中的专家介绍 5G 知识,向社会公众进行普及。一些委员还通过提交提案、在移动履职平台讨论等方式,就相关新技术的发展提出了很多有价值的意见建议。也有委员建议在加快新技术发展的同时,也要注意保护个人隐私和网络安全。

大数据、人工智能、5G 等新技术是引领未来发展的战略性技术,是经济增长的新引擎,也为社会发展带来新的历史机遇。全国政协将持续关注、助力推动,使新技术更好地服务社会,更好地服务大众。

主持人:新闻发布会到此结束,谢谢大家。

全国政协十三届三次会议新闻发布会

全国政协十三届三次会议
举行新闻发布会

　　新华社北京5月20日电　全国政协十三届三次会议新闻发布会20日下午在人民大会堂举行,大会新闻发言人郭卫民回答中外记者提问。郭卫民宣布,全国政协十三届三次会议将于5月21日下午3时在人民大会堂开幕,5月27日下午闭幕,会期比原计划缩短了4天半。

　　据介绍,本次大会期间,全体会议和小组会议都做了压减。考虑到疫情防控要求和会期安排,大会对媒体采访方式作出适当调整,欢迎中外记者运用网络、视频、书面等方式采访,各委员驻地均设立网络视频采访室。

　　发布会全程通过网络视频问答

　　按照大会疫情防控工作要求,此次新闻发布会采用网络视频方式举行。主会场设在人民大会堂新闻发布厅,分会场设在梅地亚两会新闻中心多功能厅。

在梅地亚中心的分会场,中外记者早早就到达二层多功能厅,做好了拍摄和采访准备。除了一排排"长枪短炮",今年更多记者端起手机自拍,以 Vlog 的形式实时记录和报道发布会现场情况。

虽然是网络视频采访,但记者们提问的热情丝毫不受影响。不少记者表示,无论答问还是交流都完全同步,大屏幕中的画面很有现场感,几乎感受不到这是两个不同的会场。

郭卫民介绍,本次大会期间将安排开幕会、闭幕会以及两次大会发言,其中一次以视频会议方式举行;安排 6 次小组会议。开幕会、闭幕会将邀请外国驻华使节旁听。

郭卫民表示,考虑到疫情防控要求和会期安排,大会对媒体采访方式作出适当调整,邀请少部分在京中外记者到人民大会堂现场采访,通过网络视频方式安排 3 场"委员通道"采访活动,小组会议不安排集中采访。全国政协官网将及时发布会议安排、主要文件和资料。政协大会新闻组和驻地新闻联络员将积极为中外记者采访提供服务。

去年人民政协多项建议转化为政策文件内容

回顾 2019 年的政协工作,郭卫民说,这是人民政协历史上具有里程碑意义的重要一年。去年 9 月 20 日,在人民政协成立 70 周年之际,中共中央召开中央政协工作会议,这在党的历史上、人民政协的历史上都是第一次。习近平总书记出席会议并发表重要讲话,为新时代人民政协事业发展把航定向。全国政协通过主席会议、常委会会议、专题研讨班、专题宣讲等多种形式,组织全体委员开展学习培训,带动各级地方政协迅速形成学习贯彻会议精神的生动局面。

郭卫民介绍,按照中共中央对庆祝新中国成立70周年活动的部署,人民政协以"我和我们的政协"为主题,组织了一系列丰富多彩的活动,特别是从超过14万件提案中,评选表彰关于新中国国庆日的建议案、关于确立教师节日期及活动内容的提案、关于免征农业税的提案等人民政协成立70年来100件有影响力的提案,彰显了人民政协在国家治理体系中的重要作用。

聚焦打赢脱贫攻坚战、创新驱动发展、制造业高质量发展……郭卫民表示,围绕服务党和国家工作大局,人民政协2019年组织视察考察调研97项,召开各层次协商活动73场次,提出了一大批针对性强、操作性强的意见建议,多项建议转化为政策文件有关内容。

政协委员为疫情防控积极贡献力量

新冠肺炎疫情发生后,党中央将疫情防控作为头等大事来抓。全国政协和广大政协委员迅速行动,积极投身这场没有硝烟的战争。

郭卫民介绍,医卫界委员冲锋在抗击疫情的第一线。他们当中既有家喻户晓的知名专家,也有许多公众并不熟悉的业界翘楚;既有驰援湖北的一流医院领队者,也有驻守武汉阵地的著名医院掌舵人;既有临床专家,又有社区防控专家。他们不顾个人安危,不怕牺牲,勇于担当。

不仅是医卫界委员,其他政协委员也在通过各种方式汇聚战"疫"力量。郭卫民表示,有些委员在病毒研究和疫苗研发等领域夜以继日科研攻关,有些委员全力组织重点医疗物资生产,有些委员深入一线,采写播发新闻或创作文艺作品,有些委员积极筹措医疗防护物资、捐款捐物。在抗击疫情的关键时刻,政协委员靠得住、站得出、顶得上,用实际行动诠释为国履职、为民尽责。

针对"加强国家卫生应急管理体系建设"等话题,郭卫民表示,许多委员通过提案、网络议政、专题座谈会等方式提出意见建议,包括加快完善公共卫生法律法规体系,建立公共卫生应急预案定期修订及演练机制,提高疫情监测系统快速反应能力,建立重大疫情防治的中西医协作机制,加强传染病专科医院建设和公共卫生人才队伍建设等。

今年2月下旬,全国政协在委员移动履职平台开通了"防控疫情主题读书群"。郭卫民说,委员们结合读书心得,围绕疫情防控和经济社会发展深入交流讨论,就健全公共卫生应急管理体系、加强全球抗疫合作等提出了300多条意见和建议,体现了读书学习与履职建言相结合的书香政协特色。

为经济社会稳定发展积极建言

谈及疫情冲击下的中国经济形势,郭卫民说,在前所未有的冲击面前,党中央、国务院及时出台了一系列政策措施,总体而言,我国经济社会发展大局保持稳定。

郭卫民介绍,经济界、农业界、工商联界的委员们聚焦如何克服疫情影响,围绕把握宏观政策取向、做好"六稳"工作、落实"六保"任务提出了多项意见建议;围绕加快金融市场改革、保护中小企业生存与发展、促进数字经济发展等方面提出了许多具体举措,不少建议被政府部门吸收采纳。

谈到推动新技术发展应用,郭卫民表示,经过多年持续积累,我国在新技术领域取得重要进展,一批龙头骨干企业在加速成长。近期,中央提出加快"新基建"建设进度,这将推动大数据、人工智能、5G等新技术步入更快发展阶段。全国政协将持续关注、助力推动,使新技术更好地服务社会和大众。

在回应中美"脱钩"有关言论时,郭卫民表示,"脱钩"主张不是一张"好药方",全球产业链布局和供应链结构是多年来形成的,具有相对稳定性和依赖性,面对疫情冲击,各国应该加强团结、加强合作,协调政策立场,维护全球产业链、供应链稳定,防止世界经济陷入衰退,不应以邻为壑、分裂孤立,更不能把疫情问题政治化,抹黑、指责、鼓动搞对立。

聚焦高质量打赢脱贫攻坚战

谈到脱贫攻坚,郭卫民表示,经过多年努力,我国在脱贫攻坚领域取得前所未有的成就,但剩余任务依然艰巨。如何巩固脱贫成果、防止脱贫后返贫,如何克服形式主义、杜绝数字脱贫等工作需要加强。

郭卫民介绍,近年来,全国政协聚焦精准扶贫、精准脱贫,相关视察调研涉及17个省区市,2016年、2017年和2018年连续三年围绕脱贫攻坚召开专题议政性常委会会议。今年全国政协还将召开以"高质量打赢脱贫攻坚战,建立解决相对贫困长效机制"为议题的专题议政性常委会会议,并继续通过多种形式开展工作。

向国际社会及时公开疫情信息

针对所谓"中国隐瞒疫情导致疫情向其他国家蔓延"的说法,郭卫民表示,这毫无道理!他说,早在1月3日,中国相关部门对不明原因肺炎病例作出研判后,就向世界卫生组织和有关国家、地区主动通报。在分离出病毒全基因组序列后,1月12日即向国际社会发布。从1月23日关闭离开武汉通道起,中国每天发布有关疫情的重要信息和防控措施,不仅为中国抗击疫情提供支持,也为世界防范、抗击疫情提供了重要参考。

郭卫民说,围绕抗击疫情,中国组织了多层次、多渠道、高密度的权威信息发布活动,新闻发布会的数量、规模、形式创新都前所未有,为打赢疫情防控阻击战提供了有力支持,得到国内外舆论关注和肯定。同时,有关部门也在不断改进新闻发布工作,进一步完善刚性约束和机制保障,包括增强新闻发布的时效性、针对性和专业性,提高各级各地领导干部新闻发布的素养和与媒体打交道的能力等。

中国将坚持做国际秩序的维护者

谈及抗疫援助,郭卫民说,中国向一些国家提供力所能及的帮助,包括提供物资、分享抗疫经验、派出医疗队等,体现了人道主义精神和一个负责任大国的责任担当,体现了中华民族同舟共济、守望相助的优秀传统。以此来指责中国高调宣传,甚至说"中国要争夺世界领导权",这十分狭隘。

郭卫民说,出现一些对于中国出口医疗物资质量的质疑声,有多方面原因,包括中外产品质量标准不同、使用习惯差异、操作不当等。中国出口了大量医疗物资,存在问题的只是极少数,中国政府对此"零容忍",有关部门已采取严格措施,确保医疗物资质量,规范出口秩序。

郭卫民说,在抗击疫情的过程中,中日两国相互支持、友好合作,期待并相信经过抗击疫情的考验,两国人民的友谊将得到进一步升华,中日关系的基础将进一步牢固。

郭卫民说,近期美国等少数国家一些政客将疫情政治化、污名化,制造舆论对中国进行抹黑,这样的图谋是不会得逞的。中国始终坚持开放合作、互利共赢,将用自己的实际行动表明,中国是世界和平的建设者,是全球发展的贡献者,是国际秩序的维护者。中国愿同世界各国一起,共同构建人类卫生健康共同体,共同构建人类命运共同体。

十三届全国人大三次会议
举行新闻发布会

新华社北京5月21日电 十三届全国人大三次会议21日晚举行新闻发布会,大会发言人张业遂就会议议程和人大有关工作回答了中外记者提问。

张业遂介绍,本次大会会期7天,22日上午开幕,28日下午闭幕,共安排3次全体会议。大会议程有9项,包括审议政府工作报告等6个报告,审议民法典草案,审议全国人民代表大会关于建立健全香港特别行政区维护国家安全的法律制度和执行机制的决定草案等,目前各项准备工作已全部就绪。

张业遂说,根据当前疫情形势,会议期间将采取一系列必要防控措施,并对一些安排进行调整。大会将以网络视频方式组织新闻发布会、记者会、"代表通道"、"部长通道"等采访活动。不安排代表团开放团组活动和集体采访,鼓励支持代表以视频方式接受采访。

强化公共卫生法治保障体系
30 部法律待制定修改

面对突如其来的新冠肺炎疫情,我国将如何以法治助力提升公共卫生管理水平?

张业遂说,疫情发生以来,全国人大常委会依法履行职责,迅速行动,出台全面禁止野生动物非法交易和食用的决定;审议生物安全法草案、动物防疫法修订草案;部署启动强化公共卫生法治保障体系的立法修法工作;还宣传解读疫情防控法律,为疫情防控和经济社会发展提供法律支持。

"中国目前有 30 多部与公共卫生法治保障有关的法律,这些法律在这次疫情大考中总体经受住了考验,发挥了积极作用,但也存在一些短板和不足。"张业遂说,下一步人大常委会的一项重要工作,是通过立法修法进一步完善和强化公共卫生法治保障体系。

张业遂说,今明两年,人大常委会计划制定修改法律 17 部,适时修改法律 13 部。重点是抓紧完善新制定的生物安全法草案,争取年内审议通过;抓紧修改野生动物保护法,争取今年下半年提交审议;尽早完成修改动物防疫法;抓紧修改国境卫生检疫法;认真评估传染病防治法、突发事件应对法等法律,有针对性地修改完善。

中国不存在"隐性军费"问题

谈到国防预算问题,张业遂说,根据《中华人民共和国预算法》,每年国防预算都由全国人大审查批准。从 2007 年起,中国每年都向联合国提交军事开支报告。钱从哪里来,到哪里去,清清楚楚,不存在什么"隐性军费"问题。

"中国奉行防御性国防政策。中国的国防开支,无论总量、人均还是占国内生产总值的比重,都是适度和克制的。"他说。

张业遂说,从世界范围看,中国国防费占国内生产总值比重多年保持在 1.3% 左右,远低于 2.6% 的世界平均水平。与第一大军费开支国相比,2019 年中国国防费总量只相当于它的四分之一,人均只相当于它的十七分之一。

民法典是人民权利的法律宝典

编纂民法典是党的十八届四中全会确定的一项重大立法任务。本次大会一项重要议程就是审议民法典草案。

"民法是调整民事关系的法律。民法典是社会生活的百科全书、人民权利的法律宝典。"张业遂说。

张业遂说,改革开放 40 多年来,我国陆续制定了多部民事单行法律,民法制度逐步建立完善。随着中国特色社会主义进入新时代,对制定于不同时期的民法规范进行系统整合、修改编纂,适应时代发展,符合中国国情,反映人民意愿,对于推进治理体系和治理能力现代化、服务经济高质量发展、维护广大人民根本利益,具有重大的意义。

张业遂说,我国民法典编纂工作分"两步走"。第一步是制定民法总则,已经在 2017 年完成。第二步是编纂各分编,最终与民法总则合并,形成统一的民法典。

"2018 年 8 月以来,人大常委会对几个分编草案多次进行审议和修改完善,形成民法典草案并提交本次大会审议。"张业遂介绍,民法典草案共 7 编、1260 条,7 编分别是:总则编、物权编、合同编、人格权编、婚姻家庭编、继承编、侵权责任编。

据介绍,民法典编纂过程中,先后 10 次通过中国人大网公开征求意见,累计收到 42.5 万人提出的 102 万条意见和建议。

维护国家安全是包括香港同胞在内
全国各族人民的根本利益所在

本次大会将审议全国人民代表大会关于建立健全香港特别行政区维护国家安全的法律制度和执行机制的决定草案。

对此,张业遂说,国家安全是安邦定国的重要基石。维护国家安全是包括香港同胞在内的全国各族人民的根本利益所在。

党的十九届四中全会明确提出:"建立健全特别行政区维护国家安全的法律制度和执行机制"。

张业遂说,香港特别行政区是中华人民共和国不可分离的部分。全国人民代表大会是最高国家权力机关,根据新的形势和需要,行使宪法赋予的职权,从国家层面建立健全香港特别行政区维护国家安全的法律制度和执行机制,坚持和完善"一国两制"制度体系,是完全必要的。

中方决不接受任何滥诉和索赔要求

针对美国国会一些议员围绕新冠肺炎疫情提出的涉华消极议案,张业遂说,这些议案对中国的指责毫无事实根据,而且严重违背国际法和国际关系基本准则,"我们坚决反对,将根据议案审议情况,予以坚定回应和反制。"

张业遂说,疫情发生以来,经过艰苦卓绝努力,付出巨大代价,中国有效控制了疫情,维护了人民生命安全和身体健康。中国本着公开、透明、负责任态度,及时向世卫组织及相关国家通报疫情信息,第一时间发布病毒基因序列等信息,尽最大努力开展国际抗疫合作,获得国际社会广泛认可和好评。

"事实就是事实,我们决不接受任何抹黑和攻击。"他说。

张业遂说,病毒溯源是严肃的科学问题,应由科学家和医疗专家进行科学研究,基于事实和证据得出科学结论。通过转嫁责任来掩盖自身问题,既不负责任,也不道德。中方决不接受任何滥诉和索赔要求。

"病毒是人类共同的敌人,战胜疫情需要科学、理性和团结合作。我们希望在这场抗击疫情的斗争中,理性战胜偏见,良知战胜谎言,多一些责任担当,少一些政治操弄。"张业遂说。

中国利用外资的综合优势没有变

针对个别人鼓吹"撤回在华投资""产业链转移出中国"等论调,张业遂说,当前全球产业链格局是各种要素长期综合作用,各国企业共同努力、共同选择的结果,不是哪个国家能够随意改变的。疫情全球大流行会对经济全球化产生多方面复杂影响,但不至于逆转全球化历史进程。

张业遂强调,尽管疫情对在华外资企业造成影响,但中国并不存在大规模外资撤离的情况。中国利用外资的综合优势没有变,外国投资者持续看好中国,在华长期经营发展的信心没有变。

张业遂说,中国将继续坚持多边主义,维护贸易投资自由化和多边贸易体制,推动全球治理体系变革完善。

脱贫攻坚的目标任务能够如期实现

2020年,是决战决胜脱贫攻坚的收官之年。面对疫情冲击,脱贫攻坚目标能否如期实现?

张业遂说,疫情的确给脱贫攻坚带来新的挑战和困难,比如贫困劳动力外出务工受阻,贫困户生产经营受损,驻村帮扶工作受限,扶贫企业和项目复工复产延迟。

张业遂说,不久前,习近平总书记在决战决胜脱贫攻坚座谈会上对确保高质量完成脱贫攻坚目标任务进行了全面部署,提出了一系列克服疫情影响的重要措施,包括优先支持贫困劳动力务工就业,切实解决扶贫农畜牧产品滞销问题,支持扶贫产业恢复生产,加快扶贫项目开工复工,做好对因疫致贫返贫人口的帮扶等。

"随着这些措施全面落实,疫情造成的损失将会降到最低。脱贫攻坚的目标任务一定能够如期实现。"张业遂说。

张业遂说,中国现行标准下农村贫困人口实现脱贫,对中国和人类减贫事业都具有重大标志性意义。全国人大及其常委会将重点做好与脱贫攻坚有关的立法、监督工作,同时继续发挥好各级人大代表作用,为决胜全面建成小康社会、决战脱贫攻坚贡献力量。

中国不惹事,但也不怕事

在谈到中美关系时,张业遂表示,中美两国拥有广泛的共同利益。历史充分表明,中美合则两利、斗则俱伤,合作是唯一正确的选择。

张业遂说,当前中美关系正处在一个重要关口,关键在于坚持不冲突不对抗、相互尊重、合作共赢。如果美方尊重中国的社会制度和发展道路,理性看待中国的发展和战略意图,致力于同中方开展建设性对话,将有利于两国各领域及在地区和全球问题上的互利合作。如果美方坚持冷战思维,推行遏制中国的战略,损害中国的核心和重大利益,结果只能是损人害己。

"中国不惹事,但也不怕事,将坚定不移捍卫自身主权、安全和发展利益。"他说。

　　张业遂说,目前,合作抗疫、恢复经济是头等大事。希望美方与中方相向而行,共同落实好两国元首多次会晤达成的重要共识,坚持协调、合作、稳定的基调,增进互信、拓展合作、妥处分歧,推动两国关系在正确的轨道上向前发展。

践行人类命运共同体理念
展现负责任大国担当

——国际社会点赞中国外交政策和理念

新华社北京5月24日电　综合新华社驻外记者报道：十三届全国人大三次会议24日举行记者会，国务委员兼外交部长王毅就中国外交政策和对外关系相关问题回答中外记者提问。海外人士认为，中国坚定维护多边主义，推动完善全球治理，为维护世界和平稳定作出重要贡献。面对新冠疫情，中国践行人类命运共同体理念，为他国提供援助、推动开展国际抗疫合作令人称赞，展现出负责任大国担当。

维护多边主义　推动完善全球治理

联合国秘书长南南合作特使、联合国南南合作办公室主任豪尔赫·切迪克表示，中国作为新兴经济体，在完善全球治理、支持多边主义等方面发挥着越来越重要的作用。

津巴布韦南部非洲研究与文献中心研究员塔那卡·齐特萨说，中国为维护多边主义和世界公平正义以及促进全球经济社会发展作出了巨大贡献。在国际舞台上，中国为维护广大发展中国家利益积极发声，赢得了发展中国家的信任和友谊。

伊拉克穆斯坦西里亚大学教授穆萨纳·米尚说，中国坚持走和平发展道路，深化与各国互利合作，积极斡旋热点问题，推动构建人类命运共同体，为维护世界和平稳定作出贡献，展现出大国担当。相信未来中国在国际舞台上将更具影响力。

阿联酋国际问题专家阿里·希拉尔表示，中国维护以联合国为核心的国际体系，坚持多边主义，致力于推动自由贸易和全球化，倡导构建人类命运共同体，负责任大国的形象深入人心。

在乌克兰未来关系研究所国际问题专家伊利娅·库萨看来，在世界经济等受到严峻挑战背景下，中国支持多边主义，倡导构建人类命运共同体以促进世界和平和全球发展，具有重要意义。

智利迭戈·波塔莱斯大学政治学院学者、亚洲问题专家康斯坦萨·霍尔克拉说，中国致力于推动构建人类命运共同体、完善全球治理，这在当前新冠疫情肆虐背景下尤其具有重要意义。

推动抗疫合作　携手各国共克时艰

新冠疫情在全球肆虐，带来严重冲击和严峻挑战。海外人士高度评价中国抗击疫情努力，认为中国与世界分享经验、为他国提供援助，推动开展国际合作，为全球抗疫作出重要贡献。他们指出,人类是一个命运共同体,各国应超越分歧,团结合作,携手应对共同的敌人。

厄瓜多尔前外长弗朗西斯科·卡里翁说,在疫情持续蔓延之际,中国无私地向很多国家提供医疗物资、分享抗疫经验,为全球抗疫提供巨大帮助,体现了大国担当。当前,各国应消除分歧偏见,加强合作,共同抗疫。进行"污名化"、推卸自身责任,甚至鼓吹种族主义和排外主义的行为都将严重打击全球抗疫事业,最终会伤害人类自身。

波兰前驻上海总领事、中国问题专家塞尔韦斯特·沙法什认为,疫情暴发后,中国不仅同世界分享宝贵抗疫经验和专业知识,还通过捐赠医疗设备和物资、派遣医务人员等方式为他国提供援助,这些都是中国践行人类命运共同体理念的体现。

奥地利外交部中国事务高级顾问、奥中友协常务副主席、中国及东南亚研究所所长格尔德·卡明斯基表示,当今世界不再有孤立主义和利己主义的位置,必须共同构建人类命运共同体。中国致力于推动开展国际抗疫合作令人称赞。

缅甸战略与国际问题研究所联合秘书长钦貌林说,新冠疫情再次凸显多边主义的重要性。各国应团结一致抗击疫情。中国与其他国家开展合作,调动物资、技术和人力等资源,为全球抗疫作出重要贡献。除了公共卫生领域,在其他领域同样需要团结协作,只有这样才能营造和平稳定的国际环境。

叙利亚政治专家胡萨姆·舒艾卜认为,中国向其他国家提供抗疫帮助,致力于推动开展国际抗疫合作,展现了大国担当和人道主义精神。

肯尼亚国际问题专家卡文斯·阿德希尔说,中国在较短时间内有效控制国内疫情,人们看到了"中国速度"。中国还为全球抗疫作出贡献,体现了一个负责任大国的担当。

阿里·希拉尔指出,疫情在全球蔓延之际,个别西方国家采取退出国际机制、放弃国际责任的做法,这是一种历史的倒退。中国为许多国家抗击疫情提供帮助,致力于推进国际联防联控合作,与各方携手遏制疫情蔓延,得到国际社会普遍称赞。

视频索引

组　　稿:张振明

编辑统筹:陈光耀

责任编辑:池　溢

封面设计:肖　辉　汪　阳

版式设计:汪　阳

责任校对:马　婕

图书在版编目(CIP)数据

2020 全国两会记者会实录/新华社中央新闻采访中心 编 . —北京:
　人民出版社,2020.5
ISBN 978－7－01－022144－1

Ⅰ.①2… Ⅱ.①新… Ⅲ.①新闻报道-作品集-中国-当代②全国人民
　代表大会-文件-2020-学习参考资料③中国人民政治协商会议-
　文件-2020-学习参考资料 Ⅳ.①I253.1②D622③D627

中国版本图书馆 CIP 数据核字(2020)第 085871 号

2020 全国两会记者会实录

2020 QUANGUO LIANGHUI JIZHEHUI SHILU

(视频书)

新华社中央新闻采访中心 编

人民出版社 出版发行

(100706　北京市东城区隆福寺街 99 号)

北京尚唐印刷包装有限公司印刷　新华书店经销

2020 年 5 月第 1 版　2020 年 5 月北京第 1 次印刷
开本:710 毫米×1000 毫米 1/16　印张:7.25
字数:75 千字

ISBN 978－7－01－022144－1　定价:29.00 元

邮购地址 100706　北京市东城区隆福寺街 99 号
人民东方图书销售中心　电话 (010)65250042　65289539